名人堂

系列 主编 中岛 陈树照

何小龙·著

陇地埙音

文匯出版社

图书在版编目（CIP）数据

陇地埙音 / 何小龙著. -- 上海 ：文汇出版社，
2017.9
（《名人堂》系列 / 中岛，陈树照主编）
ISBN 978-7-5496-2310-5

Ⅰ．①陇… Ⅱ．①何… Ⅲ．①诗集—中国—当代
Ⅳ．①I227

中国版本图书馆CIP数据核字（2017）第216762号

陇地埙音

著　　者 / 何小龙
责任编辑 / 熊　勇
特约编辑 / 吴雪琴　于金琳　季天乐
策　　划 / 任喜霞　索新怡　崔时雨
装帧设计 / 蒲伟生

出版发行 / 文匯出版社
　　　　　上海市威海路755号
　　　　　（邮政编码200041）
印刷装订 / 大厂回族自治县聚鑫印刷有限责任公司
版　　次 / 2017年11月第1版
印　　次 / 2017年11月第1次印刷
开　　本 / 880×1230　　1/32
字　　数 / 130千
印　　张 / 8

ISBN 978-7-5496-2310-5
定　　价 / 45.00元

· 总序 ·

新诗的变革时代已经到来

中 岛

博客中国"2017中国诗歌助力计划"必将成为中国
新诗历史上最具影响力的诗歌事件，诗人《名人
堂》系列的宏大，也必将与"中国诗歌助力计划"一道，对
中国新诗发展历程产生深远的影响。这是一项前所未有的浩
大的中国新诗呈现工程，它的价值在于突破诗歌环境的层层
壁垒，让诗歌的"霸权主义"，诗人的"墙体主义"，诗歌
的"老人脸色"不再影响和左右诗坛；诗歌不仅是思想灵魂
的载体，也是人格的化身，那些以"霸占"诗歌资源，"一

手遮天"道貌岸然的诗歌刽子手的时代已一去不复返了，新诗的旧时代已经过去，新诗的变革时代已经到来！

这是诗歌精神力量所致。

中国诗歌经历了漫长的发展与演变过程。无论是最早的古歌谣还是辉煌鼎盛时代的大唐诗歌，以及现当代的白话诗、口语诗，诗歌的进程都与当时的人文时代环境与变迁有着密不可分的关系，它不仅是中国文明发展历史的重要记录，更是创造与开拓生命与文化价值体系的重要组成部分。

尽管今天在多数人看来，诗歌已经辉煌不再，甚至是不值得一提，但是，如果再过去一百年二百年，诗歌的价值和重要性依然熠熠生辉，就如我们当今孩子们在成长中的教育培养缺不了诗歌一样，你生存与成长的土壤，都无法逃避诗歌对你的熏陶与影响，必不可少的与诗歌进行着"亲密接触"，因为它必定在潜移默化的为你和社会提供着一种精神和语言创新的帮助，它丰富语言体系的功能与生俱来，它承载与创造的精神生命永不停止。

从文言文到白话文的演变，是中国文化的一次非常重要的历史性变革，它几乎影响了昨天、今天和未来所有的中国人，影响着世界文明的进程。

每个时代的文化变革，诗歌的作用举足轻重，都起了领航的关键作用。中国现当代诗歌的发展是伴随着中国人文精神觉醒开始的，它可以说是中国五四运动的号角，是开启中国新时代的钥匙。这样的颠覆性的文字与精神"革命"，其价值是不言而喻的，而这样变革的领导者必定缺不了诗歌这样一种表达形式。

诗歌的意义更在于是推动人类文明进步的力量。

从1917年2月开始，中国的诗歌在改变着中国人的文化推动方式，其发生与发展影响至今，从胡适在《新青年》发表了《白话诗八首》开始，中国现当代诗歌就进入了一种全新的时代，中国的文化也进入了全新的时代，这是一个标志性的时代，而这一开始就注定改变中国和中国人的命运。

中国诗歌的作用如此巨大，它将继续这样的力量与光荣。

2016年是中国现当代诗歌发展100周年，我们将用一颗敬畏之心打开这一百年的诗歌光景，阅读和朗诵这些伟大而不朽的诗人，这是一种心灵的慰藉和世纪的对话。

胡适、鲁迅、艾青、郭沫若、食指、北岛等这些在中国现当代文学史上熠熠生辉的名字，他们的诗歌和文字一直在影响着这个时代，或许将会一直影响下去。

他们创造的生命之诗、心灵之诗，更是一个民族人文发展的伟大结晶，历史也将永远记住他们这些永不褪色的生命诗歌。

当今时代是一个能够创造出伟大的诗和诗人的时代，尽管更多人认为诗歌已进入没落期，诗人已经顾影自怜了，但实际上所有人都正在诗歌的土壤里活着，被诗歌包裹着，呵护着；这些人我想也只是从社会的表面理解诗歌，没有看到更深层次的诗歌影响力，没有看到浮躁背后那股甘甜一样的诗歌生命，正在努力的与阳光一道，为我们的生命与人类的文明提供着精神的养分。

诗歌永远是不声不响的成为五千年来中国人的生命与创新的力量，成为人类世界不折不扣的精神灵魂。

这些年，一直在不停写诗的诗人，越来越多，这样的持续性实际上非常艰苦，却依然留住了越来越多热爱诗歌写作的人，这是诗歌之外的人所无法理解的，也是不能理解的。尽管诗歌写作的方式方法不尽相同，其内心却有着同一个信念，那就是把诗歌植入自己的生命中，让诗歌成为自己内心的一处湖泊或者一条河流，用圣徒的心来推进人文的精神化与生命的智慧化。

现在的诗人已经不像过去年代官府诗人那样，有生存的保障，甚至待遇非常高；也不是因为写诗歌可以堂而皇之地成为国家高级干部，有无比大的房子，有专用小汽车。

现在的诗人平头"百姓"居多，也没有任何福利待遇可言，如果仅仅写诗歌，一定会饿死，但是，这些诗人不怕，他们喜欢，有的不会因为贫穷而放弃写诗，也有极少数的诗人，成了百万千万富翁，但他们没有因为富有而放弃诗歌的写作，他们更懂得孰轻孰重，懂得人的生命所应该承担的那份使命与责任，这一群人有的一写就是几十年，不管春夏秋冬，不管有没有人关注，不管影响如何，不管外面的世界对诗歌多么的傲慢无视，他们依然坚持，依然诗兴喷涌，散发着独立自觉的诗歌艺术之光。这些诗人的伟大之处就在于他们非常懂得推进人类文明不是一个人的事情，人类的进步一定和诗歌有关。

正因为这些诗人的坚持，使诗歌的状态越来越具有教堂氛围，空旷、无边、宁静、干净。

这是诗歌的胜利。

诗歌是什么？我个人认为，诗歌是人类"高处"的灵魂，是生命无法抑制的绽放。诗歌可以通过一种"空气"净化的方式来影响成长者的精神与内心世界。

那些在写诗的同时，还在不停地为诗歌的发展作出努力的奔忙的诗人们，就更具有诗歌圣徒的境界与精神。

他们让诗歌充满了温暖与大爱。

博客中国"2017中国诗歌助力计划"《名人堂》系列诗集的出版也必将改变中国传统的诗歌出版模式，让沉寂在民间的优秀诗人获得公正的出版自己诗歌作品的机会，在他们中间一定会诞生伟大的诗人。

没有诗歌的时代是愚钝的时代。我很庆幸自己生活在一个欣欣向荣的诗歌时代。那些冲破生命阻力的诗人，那些句句划开时代症结的"匕首"之诗歌，是跳动的灵魂之火焰，正在以它充沛的精神，给予我们最精彩的时光，那是生命中最经典的日子。

· 序 ·

何小龙：对万物的爱与书写

王韶华

　　何小龙是极其勤奋、又勇于求索的诗人。他从散文诗创作起步，在《散文诗世界》《散文诗》《中国散文诗》等刊物发表作品，出版过《心海涛声》《山河长歌》散文诗集，王幅明在《文学报》刊发的《2013年散文诗综述》中给予介绍。近年来从事散文、随笔、寓言写作，在《散文世界》《华夏散文》《北方文学》等报刊发表作品，出版有四部散文集，被《意林》《少年文摘》《文苑经典选读》《传奇文学》《中外文摘》等文摘杂志转载。2012年以庄浪县梯田建设历史为素材，创作了一部长达两千七百行长诗《丰碑颂》，其他诗作在《诗刊》《诗林》《星星》等报刊发表，诗歌《泾河之殇》荣获"首届民间鲁迅短诗赛"金奖，并被评为十佳诗人。

纵观他的诗歌作品，有厚重的诗学气韵，更有"触之有骨，赏之有品"的生活底蕴，洋溢淳朴、率性、尚真而积极向上的艺术新风。何小龙认为，现代诗要有"大境界"，它和作者的生命一起，扎根于大地，把丰茂的根须伸向民间的各个层面，它的枝枝叶叶都散发着泥土的气息，生活本质的气息，和作者血肉的气息。它所表达的，不是个人的小情绪、小恩怨、小喜悦，你能明显感觉到它对人类和这个世界怀有的悲悯和爱。他在2013年第10期《诗词世界》发表诗作《一壑桃花》，是在班车抛锚下车时，"视线被几只喜鹊/牵向山坡/牵向一弯开满桃花的深壑/眼睛突然就亮了"，诗人感触、发现"春天啊　像阳光一样慈悲/把灿烂的温暖平均分配给万物"，"慈悲"从这风和日丽景致中凸显出来，知性中冥冥感到造物主把"灿烂"，尤其是"温暖""平均分配给万物"，贴身感到天下之大，之公允，之和谐，抛开了平庸的赞美，而且使"春天"意象有了深度。"山塬巨大的伤口/被她的爱缝合"，也许岁月，包含人生从苦难中"化蛹为蝶"裂变而来，"爱"是重心词，很有分量，诗人和读者都被震撼了，美轮美奂的"一壑嫣然桃花"，竟然"也是一块柔软的补丁/刚好补在我的心情上"。这是一种个性鲜明的风格，也是一以贯之的诗意书写。

苏联文艺批评家巴赫金提出文学对话理论，作者对于事物"这一接触点上，才能迸发出火花，它会烛照过去和未来，使该文本进入对话之中"。那么，何小龙面临万物，敬礼万物，从而对话万物。他写《什字塬的果树》，"套袋的苹果和酥梨/像蜷缩在胎盘中的婴儿"，从而开始了喃喃私语，发现生活奥秘，"果树的每一次胎动/都会在守望果园的农民心中/激起甜蜜的喜悦"。果树的"胎动"这是诗人非常独特聆听到的，油然而生"爱"的情愫倾诉："我啊 也要继续用中国汉字/不断把属于自己的水渠加固/ 让心血和时间一起/沿其汩汩流淌/去灌溉梦中的那座果园。"而《塬上，雾凇遍野》写得更广阔一些，"那些埋在泥土里的种子/那些随风游走的草籽、花籽以及/别的微生物的胚芽"，更透彻一些，"它们都是植物们的魂/是黄土塬的心跳和未来"，尤其令人感动的是，"现在，听凭上苍的旨意/众草木在举幡招魂"。西方文化缔造了"上帝"，便有了"灵魂"之说，中国人的诗歌就是滋濡人心灵的宗教。诗人高超处，引领读者触摸到植物的"魂"。相信"此刻，正有一种力量/从四面八方向众植物的根部和枝杈凝聚"，也在人们血脉中悄然"凝聚"。可以说，小龙把握了诗歌艺术表达的要义，从感触到"事物"细节"小切口"入手，却切中肯綮，挖掘到深意，这决定了他从现实生活出发，迈向艺术"大境界"的成功之路。

有评论说，何小龙有诗人使命的责任和担当，而他强调做诗人要有"人格"， 实际上，这两点在他的诗作中是互通的，贯注着一种对万物"爱"的力量。他看到"崆峒大道的路灯"，是"从山下正走来两队巨人/各挑着一担灯桶/里面装满霞色"，"好像是他们挑去了万家灯火"，诗人在夜晚获得如此光明，是对生活充满了信心和憧憬，是内心良知刻画的愿景。他写叶子凋零之时，满树苹果刚好成熟"用心血点亮的灯盏，照亮秋天"，照亮我们对"往昔峥嵘岁月的回忆"，诗歌的圆润、明丽和温暖都出来了，从万物的成熟的"果实"，自然而然地抵达人心灵的"爱"。他乘车和一个农民比肩而坐。《诗经》认为"有女同车"，是艳遇。而诗人闻到了"农民的味道"，让他的呼吸、心跳，贴近了"土炕的暖 炊烟的香"，这是愈来愈城市化节奏中本真的"乡愁"之音，反映了心灵的本真。马克思曾经论述，人的本质就是社会联系。诗人对此进行了艺术化勾画，是相当难能可贵的。特别应该提到《泾河之殇》，是诗人获奖之作，他看见"城市越长越高，泾河越来越虚弱"，感叹"人类永难填满的欲壑"，极大地破坏了河道，遏止了水源，极其敏感地意识到，"从平凉城每一栋高楼上／都能找到泾河的一块骨头"，祈望"一场雨落下来"，"是插满母亲身上的／一根根输液管"。诗句透出一种隐隐的痛和愤懑，提示人们正视家乡和天下生态问题。发人忧思的写"揪心的钓鱼岛"，他判断"也许需要动手术才能解决问题"，"但慈悲的祖国总担心／一刀下去 就会伤及大海的宁静／将鲜血溅向世界人民关注的目光／血腥了和平鸽的翅膀"，不仅仅是国人的"揪心"，而是高举其世界"和平"大纛。再读他写的"雅安地震"，"念出痛／念出泪，念出——／震魔的狰狞与可怕／废墟下生命的呻吟"。诗中迸发出人类高贵的怜悯情怀与人性光辉。

何小龙叙事长诗《丰碑颂》，是他著述 "大爱"的力作，以《序曲》《记忆》《接力》《鏖战》《奋进》《感怀》《尾声》七个乐章构成，洋洋洒洒两千多言，全方位勾勒了英雄的庄浪人民四十多年，人拉肩挑，移动土方2.76亿立方米，建成第一个山川秀美的"中国梯田化模范县" 的历史创举。冯肖华教授认为"彰显时代丰碑 ，力尽文学担当"。彭金山教授评价说："读《丰碑颂》，如在黄河岸边看大河东去，又如在草原之夜听马头琴娓娓诉说，随着起伏流动的诗行，我们跟随四十万庄浪儿女创业的步履，接受了一次精神洗礼。"诗人写到庄浪的贫困："窑洞眼窝深陷/土坯房是一簇歪斜站立的蘑菇/被麦草熏黑的日子/没个光亮"；"和庄浪所有贫困山村一样/旱魔的肆虐/使永宁乡的鱼嘴村/一直像一条蹦在沙地的鱼/张嘴喊渴"；写到庄浪人鏖战：伟大梯田就是伟大诗行，"随便吟出一句/都会飘出汗的味道/飘出血的味道"。庄浪人用几代人的生命，谱写在山塬沟壑间的"黄土"诗卷，把我们引到了一个非同寻常的生命境界之中。长诗用特写的笔法，描述专业队长，技术人员，铁姑娘，老园丁，兄弟愚公，爆破能手……雕刻了一组像屹立的山峰英雄的群像，讲述了富有时代特征的中国故事；写庄浪人品质，"记住这些默默无闻的英雄/在他们倒下的地方/山塬耸立为碑/那些生前雕刻的梯田/在梯田上生长的每一棵树木/每一片庄稼/就是悼念他们的祭文"。当年移动的土方堆成一米见方的土墙，足可以环绕地球七圈。人们真正浴血艰难奋斗，创造宏图大业，以及表现的气壮山河、惊天动地的"庄浪精神"，可谓矗立于黄土高原"人间奇迹，世界奇迹"的"丰碑"。如此生动鲜活的艺术表现，充满探索的勇气与不懈努力，在陇原当代文学中，《丰碑颂》自然具有独特的价值和地位。但这还是良好的起点，对于何小龙这样诗人来说，文学创作永远在路上。

（作者简介：王韶华，平凉职业技术学院优秀教师、学科带头人，平凉市文艺评论家协会名誉主席，知名作家、学者，主编《教育实习》等教材五部，获甘肃省十四次社科奖，甘肃省第四届、第八届基础教育科研成果奖、甘肃第二届黄河文学奖等，出版《王韶华文集》六卷等。）

目 录

第一辑 触摸陇东

第二辑　时间之刃

第三辑　家国情怀

第五辑　城市意象

后记

第一辑

触摸陇东

羊皮筏子

一生逆来顺受的羊

即便成为一张皮

依然在逆来顺受

不同的是，驱赶它们的牧鞭

变成了桨板，在黄河之上

它们驮载的游客

谁，吃了它们的肉

它们不知，只知顺从地

听凭桨板的驱使

将骑在它们背上的人

送往对岸

入选 2013 年《新世纪诗典》（第三季）（伊沙主持）

《淮风》诗刊 2014 年第 4 期

泾河之殇

从平凉城每一栋高楼上
都能找到泾河的一块骨头
正如从儿女身上
能够找到父母亲的基因

城市越长越高，泾河越来越虚弱
她继续用蔫瘪的乳房
喂养沿岸嗷嗷待哺的庄稼
更多的坑穴出现
采砂船的轰鸣昼夜不息
人类永难填满的欲壑
使母亲走得更加踉跄

一场雨落下来，怎么看

斜织的雨丝

都像是插满母亲身上的

一根根输液管

荣获首届民间鲁迅短诗奖金奖

推荐刊发《诗刊·下半月》2014年第9期

石磙

我又看见了一只石磙

在荆山路边的草丛里，它

多像一枚洁白的牙齿

从村庄的牙床脱落

再也嚼不动粮食

被时间风雨打磨得

日渐粗糙

只有曾被一场场汗雨淋透的晒场记着它

但一茬茬新麦

肯定不认识这个农业功臣

它们只认识收割机

熟悉电磨子

翠绿的草，黄土地永不枯竭的慈悲

将石磙抱在怀里

陪它一起

晒暖暖

《北方作家》2013 年第 5 期

红桦

皮开肉绽，鲜血淋漓

这是桦在蜕变

蝉懂，蛇懂，蝶懂

其他长出叶又抛掉叶的树懂

是的，这是自然规律，是宿命

是在成长中无法绕开的环节

如从铁到刀具，绕不开烈火和锻打

从女人到母亲

绕不开孕育的艰难与分娩的阵痛

因此，桦，没有哭泣

没有喊叫，没有乞求

在沉默中忍住痛

在痛中坚韧地生长

《草堂》2016 年第 3 期

路过矿区

多次遇见

多次黯然神伤

我说，这没能绕开的

是一座山的疼痛

而在别人眼里，那被火药炸开的

被挖掘机挖开的

被车辆拉运的

除了石头还是石头，并非——

山的骨头，山的内脏

也并非：隆起腹部的山体

在被剖腹产

水泥厂，楼群，桥梁和道路

不是她生育的孩子

年年春天，在一座山巨大的伤口之外

绽放的桃花也不是血

盛开的杏花也不是泪

《草堂》2016 年第 3 期

草

那是什么草，白遍山坡

风过处，我看见一群白马在奔跑

甩动的长鬃掀起波浪

是秋风驭手将它们驱赶

但它们跑掉了绿色

跑丢了花朵

也没能跑出关山圈起的围栏

没能跑出时间的掌心

没能跑出一棵草

从荣到枯的命运

如同我,奋斗了多年

华发丛生,还在小城待着

无法远走高飞

只能,用散碎文字弥补人生缺憾

就像这些草,让种子长出羽毛

驮着梦想

飞得更高、更远一些

《滇黔锁钥》2015 年第 2 期

顽皮的蟋蟀

今夜,我藏不住往事了

一张张压在记忆箱底的旧底片

被蟋蟀们翻找出来

拿在月光的显影液里一遍遍地冲洗

脑海暗室，一时悬挂出许多老照片

它们像褪色树叶

叶脉如此清晰，竟然还保留了一棵树的形状

我一一欣赏着

如同观看一部自己人生的纪录片

而此刻，顽皮的蟋蟀们

又开始唤我的乳名

使我的魂儿，站在有关童年和故乡的照片前

久久不肯离去

白鹭之一

冬天，泾河封冻

一把软剑，插入银质剑鞘

候鸟翔集，那么多斑斓翅膀

擦亮稀薄阳光

众鸟中，我独爱白鹭

聒噪的赤麻鸭、斑嘴鸭

像一群怨妇喋喋不休

白鹭，则是一位从皇宫里流落民间的女子

素洁衣衫掩不住高贵气质

虽然，一双修长的腿

也会一次次蹚过现实浑水

如藕，无法从淤泥里抽身

但这并不会动摇

白鹭在岁月中持久的修行

而她像莲花般绽放的美

谁的灵魂能够企及

《华语诗刊》2015 年 1 月 30 日

乡间路上的草

牛踩，人踏

架子车碾压

刚在春天萌芽

又被羊群啃噬

——在乡间小路上

这些伤痕累累的草

没有长高过一天

但也从未放弃

低到尘埃的命

《淮风》诗刊 2015 年 4 月号

仰望土箭群

之一

黄土地的昨天，被岁月馆藏

一件件古陶陈列于天地间

釉彩早已剥落

泥色质地裸露

布满时间齿印，旱涝痕迹
展览它，不为缅怀荒凉
只为告诫人们
田家沟从伤口里诞生的美
更应加倍珍惜

之二

一页古老残谱
乐曲散失
只能凭借想象聆听
祖先在梯田琴弦上演奏的
悠悠牧歌

之三

旱魔的蹂躏，风剥雨蚀的疼痛
贫瘠中的挣扎
——黄土地母亲经受的磨难
触目惊心

而今，她瘦成一把骨头

乳房干瘪下垂

但我不会嫌弃她丑陋

我也是她奶大的孩子

之四

历史说，它们是一座座墓碑

在悼念死去的美丽

现实说，它们是一根根钟槌

时刻敲响一口警钟

蔑视自然，只会收获荒凉

善待自然，就会得到她慷慨的馈赠！

在田家沟，我丢失了睡眠

是在听到群蛙合唱时丢失的

是在听到野鸡叫声时丢失的

是在听到掠过林梢风声时丢失的

是在嗅到溢满室内槐香时丢失的
当然，不排除照进窗户的月光
以及投于墙壁的树影
对我的惊动

失眠是痛苦的事情
但此刻，我愿意让头脑亮如白昼
通过感官和神经末梢，仔细体味
纯净、宁静的田家沟之夜

在城市，已经没有这样的夜晚了
它像天空一样，被雾霾弄脏
被楼群切割得支离破碎
涂满霓灯口红的喧闹夜晚
是欲望的容器
已经找不到一滴干净露水
可以清洗灵魂

春天来了

春天来了
——这是早晨，在南山公园
层层叠叠花木中
几只鸟雀传播的消息
它们就像戏台前奔窜的孩子
比大人更按捺不住
观看盛大演出的喜悦

春天来了
——从一些灌木萌生的红色芽苞
——从大树突出的毛茸茸芽苞
我也听到响亮喊声
拂面的风明显柔软了许多
那么多举起的手臂，先于桃林

缤纷地舞动

春天来了
——我的身体，也好像长出花骨朵
就等春风一吻
开出璀璨的花

《中国畜牧兽医报》2015 年 3 月 29 日

一壑桃花

班车抛锚
司机修车间隙
一车人站在路边
抽烟，聊天，发呆
我脱离人群
视线被几只喜鹊
牵向山坡
牵向一弯开满桃花的深壑

眼睛突然亮了

春天啊，像阳光一样慈悲

把灿烂温暖平均分配给万物

山塬巨大伤口

被她的爱缝合

一壑嫣然桃花

也是一块柔软补丁

刚好补在心情上

用美丽

抚慰焦灼归心

《诗词世界》2013 年第 10 期

覆霜三叶草

上苍以湿润的爱

为这片三叶草覆裹了一层保鲜膜

圆润、翠绿叶片
似还挽留着春天的影子
夏天的生机

秋风，一把隐形的刀
被时间磨得越来越锋利
它剔除树们泛黄叶片
撂倒大片衰草
然后，轻轻地一挥
三叶草茎断叶残

绿色的血，一滴滴渗入泥土
成熟草籽，如同火星
埋藏于灰烬
来年，又会被春风吹燃

《大风》诗刊 2015 年春季卷（重庆出版社出版）

农民味道

我们同乘一辆车
他坐在我旁边
一身黑布衣散发的味道
让我的呼吸
不，是心跳
就贴近了——
土炕的暖，炊烟的香

在异乡
每一次行旅
都是漂泊
车辆不过是移动旅馆
现在，靠在这位农民身上
我颠簸的心

依稀贴近了故乡

《中国诗词》月刊 2013 年第 12 期

在麻武山遇见野菊

天空湛蓝，山路伸入云端
举目眺望，我看到一个画家
站在蓝色幕帘后面作画
太阳如同一只颜料盘，被他不停地挪移
一抹绚丽，一绺青灰色彩
不时被挥洒在云铺的宣纸上
绘出一幅幅大气磅礴的泼墨画
在一处山坡，一群羊被绘入画里
各色野菊怒放，犹如画家不慎洒落的
几滴颜料

《文学月刊》2013 年第 12 期

匍匐的牧草

依旧湛蓝的苍穹

尚未丢失云朵

关山牧场，却早已丢失了马群

失魂落魄的草们

丰腴身子终被思念熬瘦

纷纷倒伏

秋阳慈悲地劝慰

一张张枯黄的脸

挂满露珠

我惊见——

每一棵匍匐的牧草

都紧紧地搂抱着一缕马鬃

《诗林》2014年第2期

饮马池

"饮马池"三个红色大字
镌刻于四道坪一块耸立的巨石上
它像另一种拴马桩
拴着一段尚未被岁月抹去的
对于马群的记忆

在石头旁边,一泓浅浅碧波
蓄于山谷臂弯
它如一面镜子,再也映照不到一张马脸
马群曾经留下的蹄迹
早被荒草掩埋

一朵马形白云
投影于水面,嘘——

不要惊动，它是一匹马的灵魂

翻山越岭奔来探望

日夜思念的故乡

《诗林》2014 年第 2 期

割麦

一把镰刀，是乡村伸来的一只手

我紧紧地握住它

久违的乡情顿时漫过身心

熟稔而亲切

阳光刺扎是一次舒筋活血的针灸

我脱下汗衫，以赤裸的虔诚

向颗粒饱满的麦穗鞠躬

向土地鞠躬

很久了，我没有如此痛快地挥洒过力气

我要通过劳动

将骨缝里结满的锈斑磨掉

让沉睡的朝气重新吐翠

此刻，在身体里积攒多年的汗珠

被我哗啦啦地倾洒

神清气爽，仿佛

一个人

终将压迫自己的债务还清

《奔流》2014 第 2 期

红旗，在乡村小学上空飘扬

那是最醒目的一道风景

高出低低的黑屋檐

和鱼鳞状瓦片

与几缕炊烟一起

接受风的爱抚

照在脸上的乡村阳光

似乎也有了

丝绸般柔滑的质感

操场，一群听话的红领巾

打开书本像春风打开草芽扉页

正在阅读朱自清的《春》

周边树林里，麻雀叽叽喳喳

仿佛也在晨读

树叶上闪烁的晶莹露珠

就是它们朗诵的诗句

荣获甘肃省广河县庆祝建党90周年"非公党建杯"
文学书画摄影大赛优秀奖
入选《阳光照亮的黄土地》(2012年，中国电影出版社)

冬天的河流

穿行于严寒齿缝

不时有一些呐喊的水倒下
变成了冰
河流，强忍住喉咙里打转的呜咽
继续突围
冰，成为一面面战鼓
由水不死的灵魂敲击
发出隆隆鼓声

《中国畜牧兽医报》2012 年 12 月 2 日

雪地上的乌鸦

忽然敬佩起这只乌鸦
哪怕，自己成为一个靶子
被众口一词的雪花们声讨
也没有像喜鹊那样
在身上插几根白羽毛
表示某种程度的让步
抑或说妥协

《诗歌周刊》2014 年 5 月 5 日第 107 期

一会雨，一会雪

季节站在雨和雪中间

摇摆不定，像一根抖颤的绳子

一头冬在拉，一头春在拽

互不相让的僵持还会很久

即便迎春花预言了一种结局

还会有霜冻围剿

即便桃花的笑声，将喜悦张扬

还会有沙尘暴肆虐

最接地气的草根，早已摸着倒春寒脾气

继续修炼筋骨，而黄土塬

裸呈耐旱的躯体，任由时间雕琢

只有农人心里急呀

他们谢绝热炕的挽留，用汗珠撕开残雪封条

为麦苗和大棚里的蔬菜松土、施肥

用满手老茧，为春天脚跟
垫上一块踩蹬的石头

玉米秆

流尽绿色的血
不是一盏灯
油干熄灭的过程
在灶膛，在炕洞
你如浴火的凤凰
涅槃

一碗饭的香
一面炕的暖
让那些曾与你相依为命的人
继续沐浴着——
你炽烈的爱　和
来自泥土的恩泽

火中升华的灵魂
洁白而温暖
沿着炊烟梯子攀援
与阳光交融
织出一朵蓝色祥云
久久地
盘桓在故乡屋顶

《星星诗刊》2013 年 11 月副刊

狗尾巴草

它肯定没忘记我，不然
怎么会和我打招呼，并且
用我小时候就熟悉的那种手势
只是，我越来越怕见它了
它摇着小尾巴的可爱模样
不曾被岁月改变，而我
已经白了头

《甘肃日报》2014 年 4 月 10 日

有些事情不是你想象的那么简单

草丛里有块石头

你把它搬起

想让被压住的草

舒展腰身生长，却发现——

这块石头是几条蜈蚣的家

你又将石头放回原处

安宁再也回不到那里

惊散的蜈蚣

已经逃得没了踪影

《小小说家》2016 年第 1 期封三

在山道

我只身独行，那些蝴蝶

似乎也不喜欢扎堆

一会，一只黑蝴蝶飞过去了

一会，一只白蝴蝶飞过去了

一会，一只蓝蝴蝶飞过去了

而且，它们的飞

没有目的性

有花无花歇脚都无所谓

随意在风中飘，更像是

闲转，如我

只是在把一段无用的时光消磨

这其实是最放松的时候

但显然，我的心绪

无法像一只蝴蝶

那么轻盈

《星河》2016 年夏季卷（人民文学出版社）

重游车场沟

总是这么宁静——
关山立画屏，两边舒缓山坡
铺下层层翡翠台阶
胡麻和洋芋，举起蓝色和粉白花朵
步履从容地走向成熟的顶点
轻风拂过叶间，像是她们轻柔呼吸

深浅不一的绿色退为背景
一片片金色麦浪占领视野
悲壮地涌向
一把把镰刀的呼唤
扑鼻麦香，在心坎
拍醒蛰伏的情愫

麦地里的草帽，依稀晃动成

父老乡亲绣满汗花的背影

晒场上，石磙和连枷打碾麦子的过程

让我为蔫瘪成麦秆的往昔找到遗失的麦粒

使被插图的回忆

重新生动成一棵完整的麦穗

《星河》2016年夏季卷（人民文学出版社）

石舫

——米家沟诗踪之一

像我的梦，搁浅于河边

——这条河，流出米家沟

汇入汭河

汭河又会汇入泾河

泾河汇入黄河，流向大海

这只虚拟的船

没能与河水一起走四方

如我，被生活所困

很少有机会

追随内心水声

驾驭生命之船

去亲近祖国山河

我更像一棵树

被根拴于足下土地

叶片似欲飞之翅

时而迎风扇动

时而恢复平静

《世界汉语文学》2015 年第 3 期

第N次写到泾河

向北塬膝下，一靠再靠

如面对危险的孩子

使劲往母亲怀里偎贴

尽量与乡村和城市拉大距离

但还是没能绕开

追来的污水和垃圾

为甩掉尾随的污染

你迈动波浪的步伐拼命奔跑

如我为挣脱纠缠的疾病

在南山公园快步奔走

在尘世染缸

我们都有相同的命运

《中国诗人》2016 年第 2 期

《淮风诗刊》2016 年 7 月号

柳湖冰期

湖把门一关

就给一只只游船放了假

它们像一群群鸭子

被严寒赶在一起

靠彼此的体温取暖

众多古柳敛枝而眠

睡成一种光秃的姿态

任凭风怎么吹

保持安静的年轮

都不会泛起骚动涟漪

我终于为灵魂找到一面整容镜子

但我多么羞愧，内心湖水

仍会被欲望鱼群搅起波澜

无法把破碎云影修复成一轮明月

不给泥沙留出一丝泛起缝隙

《中国诗人》2016 年第 2 期

《淮风诗刊》2016 年 7 月号

河滩的羊

那个牧羊汉子

对羊群的纵容多么可怕

春天刚刚萌芽的生机

又回到草根的高度

而河流，需要流淌多少泪水

才能让时间

把她的疼痛治愈

《长江诗歌》2016 年第 2 期（总第 150 期）

树的寓言

冬天，树终于落完了叶子

仿佛,时间的开导

使它们幡然悔悟

让记忆年轮纠缠在往昔岁月里

只会加重负累

永难走出羁绊自己的阴影

而现在,瞧,抛掉昨天的包袱

它们从芜杂回归简单

显得多么轻松

在一场雪中

当它们像蚕完成蜕变

就会舒展绿色翅膀

在一个全新世界里

飞翔和歌唱

《长江诗歌》2016 年第 2 期（总第 150 期）

美的趋向

河水被岁月削薄,尚未丢失清澈

水中石头也在努力洗净自己

在连通城市的渠道口，欲要偷渡的垃圾

被护网拦截。泾河两岸

人工栽植的大片芦苇将她缺失的生机修复

许多赤麻鸭和白鹭飞来，这点睛之笔

使展现在眼里的画灵气顿现

漫步滨河大道，我看见众多花木集结路边

一律向美看齐，把各自长斜生歪的枝杈

交给维护秩序的剪刀修剪，和母亲河一起

完成对自身美丽形象的塑造

《今日兴义》2016 年 1 月 12 日

在陈堡村河岸遭遇垃圾

河流不是清洁工

即便需要它动用波涛的力量搬运什么东西

也应该搬运：随风轻轻飘落的桃花、杏花

被一场雨提前终结花期的梨花、苹果花

也可以搬运油菜花香、槐花香
搬运阳光和月色，鸟鸣和蛙声

作为乡村血液
河流应该比白云更干净
比露珠更澄澈

九月，泾河边的芦苇荡

天气渐凉，一条宽大的绿色丝巾
围在泾河胸前，一只白鹭
如同一枚水晶胸花
别在围巾上
这是谁用细密的深情织就的关爱
为母亲河抵御着风寒，让她找回丢失的美
也让我，在生活的大海
找到一处宁静港湾，供生命之船停泊
修补心情的帆

秋风振翅而翔，掠过芦苇荡

拂拭脸颊的羽毛清凉而柔和

仿佛漫上沙滩的海水

被温柔的沙粒磨掉波浪的棱角

站在崆峒大桥上眺望

我把桥孔下流泻的清澈水声

聆听成一曲

月下低徊的箫音

《人民艺术家》2016年第3期（中国文联出版社）

在关山牧场，怀念马群

我们四人来到关山牧场

沿途在峡谷看到的斑斓秋色退出视线

在山巅，眼里只剩下蓝天和苍茫群山

正好让他们有足够辽阔的空间讲述

曾在这里出现的马群

厚实的草甸，从山顶铺至山坡
枯草倒伏，纷披如长长的马鬃
坐在草窝，我一边聆听
一边静静地眺望烟岚里涌动的峰峦
想象着那些马群耸脊驰骋的情景

躺在草上真舒服，头边一棵站直的草
随风颤动，像一根马鞭
我惊奇地看见，几朵云团
被气流塑成一匹白马的模糊形状
仿佛是一个马的灵魂，悄然飞奔
却将嗒嗒蹄音藏起，似怕惊扰我们
分散怀念马群的注意力

后来，我们来到四道坪饮马池边
一泓碧水被山谷环抱，水位很浅
边缘露出干净淤泥
而时间嗫动宽大嘴唇
继续吮吸着青青峰影，我无法阻止
马群留下的重要痕迹

正被销毁

《人民艺术家》2016 年第 3 期（中国文联出版社）

葫芦河

乘车出庄浪县城，向南
拐向天水市方向，就看到这条河流
缠绕山脚，伴随公路，由北向南流淌
它的发源地有一个明亮、富有诗意的名字
——宁夏西吉县月亮山南麓
但它的水流并不像月光那般清澈
而是呈现泥色，让人一眼就能认出
这是来自黄土高原的河流
泥色，如同它的遗传基因
不会被岁月改变
因此，我无法把它想象成乳汁
更像是黄土高原用黏稠的血液
哺育着流域里众多生灵

时值盛夏，在秦安境内

一片片桃林，一座座果园

已经硕果满枝，而流经桃林和果园的葫芦河

仍然黄得凝重，似乎

这片土地随季节不断更新的瑰丽画卷

不是用它的心血绘就

它就像一位日渐衰老的母亲

生养出如花似玉的女儿，健壮如松的儿子

但她不事声张，衣着简朴

走在人群中，很容易被人忽略

《红都》2016 年第 5 期

车过新窑矿区

山窝子黑沉沉的

矿山、民房黑沉沉的

拉煤车黑沉沉的

路边树黑沉沉的

凭窗远眺

红枫模拟火焰燃烧

金色野菊在崖畔挂满灯盏

——这从泥土里喷薄的暖心灯火

使我原谅了这片土地的黑

就像看到一朵洁白的莲花

我会原谅

藕上的淤泥

《四川诗歌》2017年第1期

第二辑

时间之刃

设想我的晚年

一片叶子，被时间淘尽绿色

越来越黄

担不起疾病重量

甚至，弱不禁风

在秋风里抖颤的手

紧紧抓住残剩光阴

如同抓住一把沙子

还是从松动指缝间漏掉

使生命日历

越来越薄，这时

剩下的不多几页

像攥在穷汉手里的钱币

不花不行，但每花一分钱

都会心疼一次

到了最后

更怕花掉

《养生文摘》2013年第12期

入选《当代方阵·经典短诗》(2014年团结出版社)

时钟嘀嗒

凌晨突然醒来，床头的钟表

依然步履稳健地走着，足音铿锵

仿佛月夜马蹄踏过青石

不知疲倦

闲散了多日，在昏睡中又冷淡了许多宝贵光阴

忽然意识到，也需要拧紧意志发条

不然，真要被前行的时间所抛弃

像抓不住树枝的叶片，过早地枯萎

《天津文学》2014年第4期

夏天的落叶

你们演奏的生命之歌

被死神打上休止符，从大树

举向空中的舞台飘坠

一场风提前吹奏的哀乐

划伤阳光皮肤

如同一阵唢呐的呜咽

总会割痛我聆听生活的心情

我不知道，在幕后

是怎样一双手

将你们的命运操纵

那些正在走钢丝的兄弟姐妹

是否也岌岌可危？

而此刻，我多么无奈

无法阻止一棵树正在经历的痛楚

正如生命日历

难以绕开时间手指，无常风雨

和疾病蛀虫

《东江文学》2014年第4期

黄昏

我在郊外一条小路上散步

目光静静地掠过林梢

归林鸟雀，找到各自栖息的枝

暮色拉合幽暗的窗帘

太阳从太统山巅滑落

渗入烟岚的玫瑰红霞色

缠绕着山脊和林木，迟迟不肯消退

我喜欢这种慢

一如此刻，生活节奏慢下来

时间流速似乎也变得潺湲

不去想，蜘蛛的诡计，飞蛾的挣扎

也不去想，夜晚裸露香味的花朵

会网住多少蜜蜂和蝴蝶

我静候月亮升起来

让澄澈月光，洗濯

蒙尘的影子

《诗歌月刊·下半月》2014 年第 7 期

与自己的晚年相遇

在街上，我经常与自己的晚年相遇

他，就走在我的前面

头发，被岁月风雨漂白

腰身，被生活重担压弯

必须凭借一根拐杖的支撑

才能用颤颤巍巍的脚步

将生命余晖一寸一寸地丈量

而我在行进中，继续缩短着和晚年的距离

真想停下脚步

但时间的力量多么强大

——这只隐形的手，在后背推着

惶惑中，我牢牢地抓住一支笔

如同将要被洪水卷走的人，牢牢地抱住一根漂木

要努力从波涛中开辟出一条航道

挽救随衰败躯体下沉的灵魂

《东江文学》2015年第1期

南山

南山这边，从山顶到山下

随山势建有圆通寺、高层住宅楼

由高而低，错落有致

佛寺的暮鼓晨钟与市场的叫卖声

此起彼伏，从未止息

南山那边，从山顶到山下

随山势建有大片陵园，一律的白色栏杆

由高而低，错落有致
时不时响过一阵哭声后
黑蝴蝶飞散，墓园归于沉寂

《滇黔锁钥》2015 年第 2 期

旋转，抑或一种宿命

一群家鸽，以笼子为圆心
在被楼群圈住的空中旋转

一头戴眼罩的毛驴，以石磨为圆心
在黑暗中旋转

一群耕种的农人，以一个山头为圆心
沿层层梯田旋转

一个又一个看得见、看不见的圆
既是生命运行的轨道，又是束缚自己的镣铐

《大风》诗刊 2015 年春季卷（重庆出版社）

暮秋月季

在季节舞台

蟋蟀们已经合上琴匣

退至幕后

伴舞的蝴蝶，也早已被时间带走

这些月季花，仍然舞于日渐凛冽的秋风

以热烈而内敛的舞姿

抗衡步步逼近的萧索

像一个跨进中年门槛的女人

把在岁月中沉淀的美

有所节制地展现

不为炫耀，只为表达

对生命的热爱与眷恋

《大风》诗刊 2015 年春季卷（重庆出版社）

坐在一根朽木上

这是一具松树的尸体
端直，粗壮
横躺在草坪上
根和躯干完整保留
枝叶和树皮褪尽
只剩下被岁月漂白的骸骨

——它，就像一截火车车厢
脱离季节轨道
厢体爬满锈斑
再也不能运送绿色和鸟鸣
似乎，对于它
连空气和阳光的存在都成为多余

坐在这根朽木上

我却不敢指望，让年华停顿片刻

这里的每一棵草都是时间的同谋，它们

合力托浮起这根朽木，如同托浮起一只船

载着我，继续滑向

不得不去的地方

《星河》2016年夏季卷（人民文学出版社）

白头搔更短

没有谁，能为时间

修坝筑堤

风是时间，吹拂你

如吹拂一棵树

树长出叶子，叶子由绿转黄

及至飘落

雨是时间，灌溉你

如灌溉一块田地

田地献出果实和庄稼

一天天老去

一座坟头，是死去的田地

退出耕耘

长满野草

白头搔更短

花白的头发，像年华

面对时间强大的攻势，节节败退

歇顶，是生命荒芜的部分

无法遮掩，也不必遮掩

生命是一把剑

与其锁在匣子里

不如用在人生疆场

攻城略池，建立功勋

用绸布擦拭的光芒

容易被时间锈蚀

而在征战中闪耀的剑光

会成为历史的呼吸

被岁月铭记

《星河》2015 年秋季卷（人民文学出版社）

旅行

时间，像一列火车

哐当行驶

从母亲的站台出发

我坐在这列火车上

驶过一站又一站

童年，少年，青年，中年……

这些见证生命历程的站牌

从回望的视线里

——闪过

我知道下一站将会抵达哪里

年华，如同必备的车票

一张张使用

又一张张作废

但我舍不得丢弃

如同舍不得丢弃

记忆里珍藏的许多往事

——半生的积累，已经使它们

形成一部厚厚的书

而回忆，就是阅读这部书的过程

我想沉迷其中

以缓解旅途的疲倦

却不时被广播报站惊醒

那残酷的不容置疑的声音

像掠过窗口的秋风，亮出刀锋

我尽力保持镇静

身体，却在发抖

宛若一根

在风中晃动的半枯树枝

《星河》2016年夏季卷（人民文学出版社）

《躬耕》2016年第1期

生死书

生如夏花之绚丽，死如秋叶之静美。

——泰戈尔

我们所迷醉和赞美的秋天之美

正在时间里慢慢化为灰烬

我看见一场大火在燃烧

蔓延的火势没有谁能阻挡

正如，没有哪种力量

能在春天阻止一芽嫩叶萌生

也不能拦截它从生机勃勃走向衰败的步伐

不论哪种生命，自获得"活"的机会

都要经历一枚叶子由绿转黄

直至飘落的过程

只不过有的过程长，有的过程短

有的过程容易被人忽视

有的过程却比死亡更让人痛楚和恐惧

只要这个过程发生

过程之外的生命，知或不知

过程的当事者，抑或说经历者

必要被动地按照它既定的程序

完成自己逐渐消亡的步骤

使惨状一个环节一个环节呈现

这是每个生命都惧怕面对的结局

但也无法逃避——

由时间掌控的这场大火

如同宿命，是所有生命

在完成各自或曲折或顺畅

或喜忧交织的旅行后

都要抵达的终点，因此

既然残酷的火焰会烧向每一个生命

诅咒和哭泣都不过是苍白无力的挣扎

最积极的态度是

在自己尚未以落叶的形式

从尘世之树上凋落前

尽量将上苍赋予的使命圆满完成
使生命的落幕
成为一种庄严而辉煌的仪式
而并非留下太多遗憾的潦草收场

《躬耕》2016 年第 1 期

候迎一场大雪覆盖头颅

不用秋风吹拂，头发就自行脱落
黑发里夹杂着白发
如同在秋天
一些绿叶和黄叶一起落地

像被不断撕扯的日历
年华，越来越薄
一根落发就是一个减号
从时间里，将生命一截一截减去
越来越短

妻子劝我去诊治

我说到了该落发的年纪

也罢，该开的花已经开了

该结的果也已经结了

我将会以一棵树的安静姿态

候迎一场大雪覆盖头颅

《躬耕》2016 年第 1 期

冬天的玉米林

它们把最值钱的东西给了农人

为足下土地流尽绿色的血

它们还站在那里，不能算被遗弃

但它们陷入荒凉里

似乎连风都不愿来探望它们

一把皮包骨已经无法撑起时间的重量

在打颤，在摇晃

如同一群

在村头土墙下晒暖暖的老人

《躬耕》2016 年第 1 期

秋天，被满树苹果照亮

到这年纪，即便是一片滑过脸颊的落叶
也会打痛敏感的心
时间，已经在头上种满芦花
我无法吹灭一支燃到一半的蜡烛
也无法阻拦一朵花从绽放到枯萎的速度
阅历，积淀成生命的年轮
是苦是甜
都会留下深深浅浅的痕迹
欣慰的是，我不是一株秕子
我是一棵苹果树
叶子凋零之时，孕育的果实刚好成熟
——这些用心血点亮的灯盏，照亮秋天
以及我对于往昔峥嵘岁月的回忆

《固原日报》2014 年 10 月 10 日

给时间一个容器

我要聆听时间嘀嗒的声音

我必须弄清楚
生命之水流经的管道
哪个地方出现裂缝

而当我，把一个个汉字
写进方格稿纸里
就仿佛
在修补生命的漏洞

《诗歌周刊》2016 年 11 月 12 日第 236 期

听着唢呐写诗

铜唢呐渲染的悲伤

叩击着每一个人的心灵

我已经习惯于聆听

键盘发出的哒哒声音更加紧促

我继续在写诗——

在一棵草枯萎前，写出它为春天增添的一抹生机

也写出风配合它跳跃的舞姿

在一座花园被严寒封冻前

写出每一朵花不同的形态、色彩和香味

并要充满感激地写出蜜蜂们的忙碌

它们采撷花粉酿造的蜜，是对花们最好的缅怀与

纪念

在群燕迁徙前，写出它们的歌声

在一头牛被宰杀前，写出它耕种的艰辛、身上的

鞭痕

写出深深犁沟里长出的收成，当然

最后我会写出人类的残酷和贪婪，写出忏悔

在一条河流干涸前，写出波浪起伏的形状

写出涛声和浪花，以证明大地母亲曾有过乳汁丰

沛时期

父亲已经去世，母亲健在，她如一豆烛火在风中

忽闪

我要写出火苗顽强摇曳的亮光与温暖

我忽然明白：写作，原来是一种取暖方式

也是一种拯救生命的方式

我现在写下的诗歌，虽然会变成悼词

但它们肯定比碑文更有生命力

能够与岁月持久地抗衡

《红都》2016 年第 5 期

失忆者

我说的是芦苇荡

在泾河畔，它们从整体到局部

绿得整齐划一，每一株芦苇

从根部到茎干、叶子，根本找不到一丝

从冬季枯到春天的痕迹

也没有表现出那种大难过后要追赶时间的迫切

如同一群人，在一次意外事故中

头颅遭受重创，命捡回来了

却集体失忆，再也想不起那起事件发生过程

当然也想不起任何能够勾起痛苦回忆的细节

对于它们，返青，像是一次重生

古老的泾河是新鲜的

对面的北塬是新鲜的

年年迁徙而来的白鹭、苍鹭、赤麻鸭是新鲜的

蓝天白云是新鲜的

在风中，它们模仿大海掀起波浪

应和泾河弹奏的琴声起舞，显得无比欢欣

——而我，记忆包袱里塞满太多往事

它凸起的棱角，时不时会碰痛心里的伤疤

不能像芦苇，一节一节生长

又一节一节褪尽阅历痕迹

活得轻盈

《红都》2016 年第 5 期

雪花，时间用旧的齿轮

天在清仓，倾倒了这么多

被时间用旧而报废的齿轮

比白垩纪留在黄土层里的贝壳还要松脆

一碰就碎

但我走向衰老的速度

没有丝毫减慢

我将松懈的神经绷得更紧

就像拧紧钟表松动的发条

让伴随笔尖跋涉的秒针

死死咬住时间的步履

而时间一定更换了新的齿轮

催动太阳和月亮的磨盘运转

黄土大地

堆积着无数生灵的骨殖

第三辑
家国情怀

打捞

还有什么工作让人如此悲伤？
不是打捞一张张复活的笑脸
不是打捞众多家庭期待的团圆
而是从死神那里接收一具具尸体
心，比沉没的"东方之星"客轮还要沉重
喉咙里一再抑制的呜咽
是一条悲泣的长江

《长江诗歌》2015 年第 7 期（总第 143 期）

揪心的钓鱼岛

说起它，有种揪心的感觉

就像提起自己的胆结石
犯病时的痛感
成为挥之不去的阴影

显然，对于祖国
钓鱼岛也成为一种隐痛
如骨鲠在喉
拔不出，咽不下

也许，需要动一次手术
但慈悲的祖国总担心
一刀下去，会伤及大海的宁静
使惊飞的海鸥流离失所

因此，我更愿意把祖国的隐忍
理解为一种气度

《钓鱼岛》诗刊总二卷
荣获 2014 年"我们的钓鱼岛杯"世界华文诗歌大赛
三等奖

我的中秋诗

早在多年前
月亮就变成一道伤口
嵌入生命年轮
每用回忆手指
抚摸一次，心
就会疼痛一回

如今，各种天灾人祸
还有战争
继续把这一轮唐诗宋词里的明月
变成——
一滴眼泪
一枚纸钱

今夜，浸透泪水的月光

不知会为天下多少人披上

悼念亲人的

孝服

《自然文学》2014年第4期

一片残雪，留在陇东山上

一片残雪，留在陇东山上

如一朵走散的云

找不到回归天庭的路

满眼的虚空，只有冷风在吹

阳光，时间的一条舌头

继续舔舐着它

融化的雪水，把一串泪珠

挂在山崖脸颊

一片残雪，留在陇东山上

我看到它对尘世的眷恋
被岁月漂洗得多少纯洁
一丛丛枯草，如同其亲人
簇拥着雪
却并不能阻挡它的融化
风声里
波动着草们的哭泣

一片残雪，留在陇东山上
像我的父亲
被疾病留在危难悬崖
返回健康的路云雾重重
而我们的呼唤多么虚弱
无法让失语的他开口说话
但愿，我的父亲
能够翻过今年冬天的山头
不要用一片残雪的结局
刺痛我们的心

《朔风》月刊 2015 年第 2 期

幸福

父亲偏瘫、失语之后
那些让我感到可怜的
腰身佝偻的老人
用脑梗后遗症的腿
在地上画圈的老人
抽搐着半边身子挪行的老人
又让我羡慕起来
他们比父亲幸福，而当我
看到许多人
死于车祸、矿难
死于地震、癌症，甚至
随失联飞机消失后
连尸骸都找不到，我又觉得
父亲是幸福的

《中国文学》（香港）2014 年第 11 期

寂夜心愿

夜晚，陪护父亲

享受充足睡眠

成为难以企及的奢望

而我的希望

变得如此之小

只剩下父亲喉结那么大

只要它不被咳嗽扯动

一把锯子

就会停止切割神经

弟弟

父亲病倒，弟弟两口子从北京赶回来

已经在医院伺候父亲两周了

弟弟比我豪放，他从平凉参军去了北京
安营扎寨，娶妻生子
经过三十年的打拼，现在有了自己的公司
经常坐飞机南来北往地做生意，叱咤于商场
算是一个笑傲江湖的人

在护理父亲的时候，弟弟铁汉柔情
仿佛一只猛虎变成乖顺的猫
他引导失语的父亲说话，协助妻子给父亲清理粪便
动作谨慎，细致
擦干净屁股，还要用温水再洗一遍
护理垫稍微脏了点，立马要换掉
让父亲偏瘫的身体时刻保持干爽

我的亲家得知弟弟回来请我们吃饭
我也告知了亲家的好，未来女婿的好
他们这些天没少往医院跑，弟弟很高兴

于是在宴席上频频给亲家、亲友们敬酒

说了很多感激的话

我血压高没敢喝白酒

几乎是弟弟一个人转来转去活跃着场面气氛

喝着喝着，弟弟就喝多了

扶他回家，摇摆的两只脚摸不着楼梯……

我很惭愧，我应该和弟弟同醉

2014 年 12 月 8 日作

铜唢呐

城市的喧嚣

藏不住一支铜唢呐的呜咽

如同一林风声无法遮掩一只杜鹃的悲啼

送走父亲的铜唢呐

继续把很多人送到南山陵园

在那里共享浩大寂静

凌晨，率领一群白蝴蝶
走过长街的铜唢呐
唤醒我的疼痛和思索

键盘上哒哒响起一串奔马蹄音
铜唢呐，一支吹奏的
号角

《动》诗刊第20期

母亲状况

母亲年轻时
和村里的男人们一起
修理地球
把身体累成药罐子
如今，生活好了

她装满药片的胃

无法消化

高蛋白和油腻食物

即使吃一碗清汤面条

手颤得

捞不到嘴里

《养生文摘》2013年11期

黑与白

这是母亲的无奈和我的痛——

她可以暂时染黑头发

藏起满头霜花

却藏不起颤颤巍巍的衰老

藏不起摆满茶几上的药瓶

这些扎堆的白药瓶让我看到：

母亲已经身陷疾病的包围圈

她的余生，是不断突围病痛的过程

就像电视里那头老水牛

从狂奔的牛群里掉了队

正被一群鬣狗围追、撕咬

而我却无力把她从危难中解救

《天津文学》2013年第9期

我搀扶母亲穿行在秋雨中

从三楼到地面

从家到附近医院

不足百米的路程

母亲用喘息的白发

一寸一寸丈量

显得那么漫长

我一手搀扶着母亲

一手打伞

穿行在秋雨中

心情比她的脚步更为沉重

我多么忧伤
疾病又在折磨母亲
而我却挡不住——
撕扯着枝头一枚秋叶的冷风
射击着一豆衰弱烛火的雨滴

母亲，您真让人担心啊

母亲，平时您去附近健康中心做理疗
我不反对
可今天雪下得这么大
您还要去
万一滑倒怎么办？
已经是八十岁的人了
还能经得住摔跌吗？

您说您在家里心急
和那些老头老太太们在一起
说说笑笑，感到愉快

这我理解

自两年前父亲去世后

即使我们陪您住

也消除不了您的孤单

可您能不能忍一忍

把安全放在首位考虑？

母亲，我的心情如您足下的雪地

被您拄着的

颤巍而坚定的拐杖捣碎了

雪的碎片，如一片片玻璃

刺痛我的心

母亲啊，您真让我怜惜而无奈

我只能一边工作

一边在心里祈祷——

仁慈的上苍

请不要再抛洒大雪

并保佑我的母亲

让她顺利抵达自己向往的乐园

那里有健康和快乐

千万别让她有个闪失

使这一片破碎的雪

化为泪水

让我一生都流不尽

写于 2017 年 3 月 13 日，平凉大雪

在西京医院

病中的妻子

黄成一片秋叶

似乎随时都会被一缕风带走

家的列车，在瞬间改变走向

脱离幸福轨道

驶入漆黑隧洞

照亮日子的阳光变成美好回忆

零星灯光从窗口闪过

像亲人关切的目光

举起爱的灯盏

却无法驱退

遮暗心情的忧虑

不知何时，列车能够驶出黑暗

让我的双眼停止流泪

重新把人间美景欣赏

《北海晚报》2013 年 9 月 3 日

夜阑卧听蟋蟀叫

今晚，夜色涂黑的寂静被月光镀亮

如同老家铮亮的铜门环

蟋蟀们用琴音打开自己

仿佛打开一个个泉眼

泉水淙淙流动，聆听

是让沁凉宁静清洗灵魂的过程

思绪被灌溉

如同葳蕤的三叶草随风摇曳

从水中，我看到童年和故乡的影子

撒出回忆之网，试图打捞出一串

在河边、田埂延伸的脚印

修补日渐斑驳的怀念

《星河》2016年夏季卷（人民文学出版社）

《躬耕》2016年第1期

故乡并不遥远

北塬下，从故乡方向驶来的火车

在深夜，或者黎明

总能听到，而我举目眺望刹那间

一扇扇明亮窗口

穿越深邃夜色呼啸而过

但心灵与故乡之间的路程

却被流逝的时光越拉越大

在诗里，我一次又一次地写下"故乡""童年"

为心灵打捞到一片失落的绿荫
润泽损伤的灵性
哪怕昔日村庄已经被楼群取代
再难找回

《岁月》2013年第8期

风吹故乡

已经不是风吹炊烟了
因此看不到了淡蓝色墨迹
在天空绘就的图画
不是风吹鸡鸣狗吠了
因此再也听不到土墙黑瓦的村庄
被一群群麻雀朗诵的宁静
不是风吹麦浪了
那片金色大海已经在岁月里干涸
而当所有土地长出楼群
田埂就变成纵横交错的街巷

那一双双曾被镢把、镰刀把磨出老茧的手

被流油的日子洗得肥白起来

天天在把玩麻将牌的骨感

被风吹出波浪的河水

也只在记忆里荡漾

儿时当做碉堡攻占的麦草垛

兀立在怀念里

如同往事的背影日渐模糊

在故乡，没有草甸和油菜花可以让风撒欢、打滚

它只能踩着我的足迹漂泊

从八百里秦川吹来，翻过秦岭肩头

吹我站在陇东山塬的身影

吹我的满头白发

吹我对故乡

越来越瘦的思念

《世界汉语文学》2015 年第 3 期

诉说，抑或怀念

在陇东黄土山塬
水贵如油，添一片巴掌大的绿色
都会让一群满身是土的麻雀住进天堂

所以，请你理解
说起身边 140 棵高大的梧桐树
我的心为何会疼痛得抽搐
那是五月，刚刚盛开的淡紫色桐花
流成满地的血，电锯锋利的牙齿
疯狂地撕咬树干，木屑纷飞如雪
那一天我从春天的怀抱掉进冬天的冰窟

不过是为拓宽一条路
却让守护这条路 40 多年的梧桐树

以被肢解的惨痛结局殉职

夜晚，曾栖息于庞大树冠上的月亮
如同受惊的鸽子飞到天上，孤独地啼叫
风吹来，长驱直入，卷起沙尘
使我更加想念桐花弥漫的芬芳
交错阔叶搭建的绿色长廊

道路如期拓宽，两边新栽了小树
大地伤口里长出的新绿，枝叶疏淡
像是安慰，却总把我怀念的神经撕扯
这疼痛，不知何时会被时间愈合

《诗意人生》2015 年第 2 期

在南山背后眺望远方

悬崖拦住脚步
通向天空的阶梯被切断

站在最高处俯瞰平凉城的玄鹤楼

暮色已经模糊了它高出林带檐角翘起的背影

对面，群峰起伏

风以云为帆，驶过波峰浪谷

站在脱离秩序的草木间

我眺望着山下一条高速公路

一辆辆走四方的车

把远方拉近又送远

目光一次次随车奔跑

却跑不过一只麻雀

天黑的时候，我踏上回家的路

如同一只被驯化的鸽子

在外面飞一阵后

主动落回窝里

《星河》2015 年秋季卷（人民文学出版社）

瓜摊

多么熟悉啊——
这架子车
这绿皮花纹西瓜
这围绕鲜红瓜瓤旋飞的蜜蜂和苍蝇
这把明晃晃的弯刀
只是,卖瓜者非故乡人
而那个臂挎竹篮拾西瓜皮的少年
如今已经两鬓斑白
——他站在瓜摊前,抱起一只西瓜反复拍打
试图听到
一丝乡音

《星河》2015 年秋季卷(人民文学出版社)

熬煎

在西京医院，挂号、就诊、交费、预约住院
乃至如厕，都得排队
一群热锅上的蚂蚁，不得不用蜗牛步履
丈量时间长度
生命经受着前所未有的熬煎
又必须在熬煎中继续忍耐，跳动的秒针
在心上划出一道道伤痕，无人看见
在疾病之外，我忍受着另一种痛

《鹿鸣》2015 年第 3 期

生活状态

一次又一次，亲人被疾病撂倒

压在肩上的担子

陡然增加了重量

日子，成为一条盘山路

变得陡峭而崎岖

迈动的双脚，以根的坚韧

抓紧拦路的岩石

每前行一步，都是磨难对意志的砥砺

而亲情，如同一根结实的拐杖

拄着它，我总会在险要处

把摇晃的身板

站直

《鹿鸣》2015 年第 3 期

这就是真实的人生

一边是父亲卧病在床，一边是女儿婚期临近

我不知该忧，还是该喜

生活，调制出一杯怪味酒

强行让我吞咽

如果说，以前的经历是在海边漫步

那么，现在，我则抵达深水区

人生剧情进入跌宕起伏、矛盾冲突阶段

日子花园里长满刺玫

刺和花朵并生

而我是一只在其间舞蹈的蝶

一边畅饮芬芳

一边又要忍受被刺扎的疼痛

但阅历与常识又告诉我：

这就是自然规律，是最真实的人生

没有谁能够逃避，你坦然面对吧

用你的孝心，为受难的亲人缓解痛苦

用你的肩膀，撑起家的温暖

请原谅，我提前退场

歌唱到一半，突然没了心情

酒喝到微醉，依稀听到老父呻吟

——他偏瘫、失语一月，病情未见好转

弥漫体内的酒香

压不住隐隐的不安

请原谅，朋友们，我提前退场

仿佛在一瞬间，我被迫转换了角色

退出喜剧舞台

走进悲剧剧情

而幕后导演

——命运，没有给我彩排机会

它用沧桑声音说：

"在经历中学会适应吧

也只有体验了悲苦

你人生的故事才算完整!"

坟地

——为父母购买坟地有感而作

先于父母，已经有很多人

在这里找到归宿

一块墓碑

就是人生最后的站牌

不论谁

都将抵达这个终点

我很欣慰

年过七旬的父母

面对自己最后的眠床

显得一点都不害怕

就像奔波疲惫的旅者

在天黑前

如愿订好即将下榻的客房

其实，我始终在用表面的平静

掩饰内心的悲伤

真的，我不希望

有一天这里的安静

会被唢呐的呜咽撕裂

吮吸泪水疯长的草

将一块站起的石头

揽进怀里

刊登于 2012 年《海外诗刊》

纸手枪

那时啊，多么崇拜英雄

头戴一顶仿制军帽

必须要用一圈报纸撑高帽棱
更显威风

每看一回打仗电影，必要为英雄流一次眼泪
大火中咬紧牙关、忍住叫声的邱少云
用胸膛堵住敌人枪口的黄继光
他们的英勇壮举，一次次震撼着幼小心灵
看完电影《小兵张嘎》
村里孩子们就找到学习的榜样
并果断制定出一套"作战"方案——
折叠纸手枪玩打仗游戏

一时间，村里每一个地方都变成了战场
麦草垛成为一座座"敌人"炮楼
被前赴后继的孩子们一一攻克
墙拐角，门背后，水缸里
凡能藏身之处，都成为秘密掩体
掩藏着孩子们紧张的心跳和窥探"敌情"的眼睛

纸手枪发不出声音

就用嘴巴代替它的一个重要部件
随着瞄准手势
不时发出"叭——叭——"枪声

哦，炊烟也加入激烈"战斗"
模拟硝烟升上湛蓝天空
当我们腰别纸手枪，从村里神气地走过
小狗摇尾迎接，路边白杨树拍欢手掌
仿佛在欢迎凯旋的英雄

《中华散文报》2016 年 11 月 1 日

玉米林

这片玉米林已经长得比我高了
若不是布满弹洞的地膜仍然留在根部
像军事纪念馆陈列的一面残破军旗
几乎让人想不到
它们还是幼苗时经历的一场雹灾

那真像是一场战争，子弹呼啸
刚刚跃入战场的一支稚嫩队伍
被打得东倒西歪，惊叫是难免的
不流泪也不可能，但它们没有溃散
而是伸出飘舞着布条的手臂
相互搀扶，支撑，鼓劲
用团结的力量构筑起一座坚固城堡
抵御强敌火力的狂轰滥炸
最终，雷电停止敲击战鼓
悻悻退隐，阳光洒下来
像是上苍在表达歉意
现在，它们长得筋骨强壮
靠得更紧，根与根也挽得更紧
如同经历患难的爱
生命力更加坚韧与持久
当然，向最后的胜利冲刺还需要一段时间
躲在云里的雷霆，有可能还会发动侵略
但它们更有信心抗敌
瞧，这些经受狂风骤雨洗礼的战士
个个腰间别着一支准备吹响的号角

《当代教育》2016年第3期

地球上的居民

> 地球上的居民多半是为了生存而工作，因
> 为不得不工作而工作。他们选择这项或那项职
> 业，不是出于热情；生存环境才是他们选择的
> 依据……仅仅因为待遇高于他人而受到重视的工
> 作，这对人类是最残酷的折磨之一。
>
> ——波兰·辛波斯卡

是的：生存，食物，仅仅是一个生命最基本的需求
许多人却被一只饭碗所羁绊，围绕其打转
如同一辆大马力汽车，陷入泥坑
车轮飞转，泥浆四溅，却无法驶入大道
向远方飞奔

许多鸟儿刚刚长出羽毛就被关进笼子

向往的天空被一盅清水淹没
双翅活力逐渐被几把米粒磨损、衰退
活着只是供人赏玩的过程
叫声嘹亮，那不是唱歌，而是悲啼

许多猛虎被囚于铁栏，巴掌大一块活动场地
无法任由它们纵横驰骋，施展兽王之威
而在失去自由的空间，一颗雄心燃烧的火焰
早已被无奈的冷水浇灭
用咆哮发泄愤怒，这只是梦里发生的事情
它们习惯于在打盹和玩耍中消磨时间

许多孔雀与鸡为伍，渐渐丧失开屏功能
沾满灰尘的翎羽，像画家弃置的调色板
色彩凌乱、黯淡，不再流动新鲜光泽
曾经绘就的瑰丽画卷
挂在记忆角落，早已结满蛛网

许多千里马俯首于一槽干枯草料
它们借口被缰绳所拴，不敢冲撞厩栏

实则满足于安逸生活

早将日行千里的豪迈壮志丢于脑后

而为生计奔波的伯乐们，不再研究相马术

整天专注于琢磨生意经和炒股技巧

谁在高喊："在活着之外，还有诗与远方！"

看似简单的一句话，却戳到许多人痛处

也道出人们普遍的渴望

是的，人啊，作为动物界最高级灵长

应该把生存眼光投向更远大目标

并有权向这个世界提出要求——

在一日三餐之外

为聪明才智提供一席用武之地

为所有翅膀打开一扇通向天空之门

为所有歌喉建造一座舞台

为所有不甘平庸的心灵

把抵达梦想的道路铺平

2016 年 5 月 24 日

那年，我在圆明园废墟逗留了片刻

时值盛夏。繁花锦簇，绿萝缠绕，游人如织

热闹气氛中，一堆残垣瓦砾凸现的荒凉

触目惊心，在这里

不论选取哪种角度站立

都是一种凭吊的姿势

在脑海搜遍所有贮备的词汇

都无法说清心口发堵的感觉

只能以沉默的方式

阅读这一页痛彻心扉的历史

阳光依旧灼烫。风，继续吹拂

檐角相接的大小宫殿被烧焦的气味

早已在时间里消散。残损的汉白玉和花岗岩留下来

精美的纹饰依稀可辨，如同美人遗留的残像

借助想象可以拼全她美丽的容颜

如此娇美的躯体

却被侵略者残暴地蹂躏并焚尸

闻此暴行，法国作家雨果都会撰文怒斥

而在中国，有谁站出来

拿出一己点滴之水

与熊熊燃烧的大火相抗衡？

中国有江河湖海以及大大小小的水系

并不缺水，缺的是骨气和志气

颐和园的昆明湖只喂养了许多寻欢作乐的鱼

宏伟壮观的紫禁城大缸里的水

只用来浇灌御花园里那些缺失了脊梁的

歪歪扭扭的树

——这些在皇宫阴影里苟且偷生的树

稍有风吹草动，就会抖若筛糠

表现出威严状的

只是石头做的狮子，它们

守在宫廷门外

只会吓唬黎民百姓

有个叫邓世昌的真狮子

对着日本舰队怒吼过几声

但太势单力薄，没能激起

长江黄河的汹涌波涛

将蔓延的火势拦截

迫于八国联军枪炮的威胁

慈禧们以割地赔款的代价

获得片刻安宁，继续享受荣华富贵

在颐和园里听戏赏花

任由大好河山如一块块牛排、蛋糕

被洋人们的刀叉肆意切割，他们一边大快朵颐

一边兴奋地大叫：

"味道好极了！"

人民挣扎在水深火热之中

处处蒙受屈辱："华人与狗不得入内"

在横七竖八躺倒的石头间，我默默走着

没有勇气去触摸这些断壁、残柱

生怕痛惜的抚慰会唤醒足下土地忧伤的记忆

石头缝隙已经长满了野草

这一枚枚时间磨制的针，试图将历史留下的创伤

缝合

但怎么缝也缝不住，每一块留有烧痕的石头

似乎都变成一张嘴巴

在讲述那场烧痛祖国心脏的大火

讲述永难忘却的耻辱

2015 年 8 月 23 日改定

隐士

你无宁为玉碎的刚直血性

人性中，尚还保留些许干净的良知

所以，你选择了退隐

自然山水，为你迈动的双脚敞开一条路

你用一支笔，为呼唤自由的灵魂开辟出一条路

你是幸运的，因为你这只逃出笼子的鸟
没有被一把动怒的弹弓瞄准、击落

你是有福的，因为你这尾鱼
发现渔网收紧后，能够从一只网眼顺利脱逃
虽然被刮掉几枚鳞片，让你痛出眼泪
但命还在，便有重新安排余生的机会

采菊东篱下，悠然见南山
这是你卸掉乌纱帽，挣脱名利枷锁后获得的惬意
因为放下，你驾驶的小舟
从激流险滩驶入一片开阔、宁静的水域
不再有漩涡和泛起的淤泥沉重你的心情

这下好了，你可以凭性情活着
朝入竹林，夕别溪涧
在曦晖暮色里舒展的心情
接近一缕风的轻盈

可以我咏月徘徊，起舞弄清影

抑或入山寺，与僧人吟诗唱和
将生命残存的激情恣肆挥洒

如果你死去，无须让谁立碑
你那些在花香和露珠里酿造的诗句
就是对你最好的纪念

《今日兴义》2016 年 5 月 21 日

让自己忙一忙

去工作吧，让自己忙一忙
也许，心灵就不会被寂寞造访
就像灰尘，停落不到飞鸟的翅膀上
就像蚊蚋，不会靠近一条奔腾的大河

生命是一块田地，需要耕耘，长出庄稼
才会体现其价值
倘若闲置，撂荒

只会长满荒草，收获虚无

泰国《中华日报》2016 年 6 月 9 日

中年写诗

半生阅历，在生命中积下深厚的腐殖土
一阵风吹过，一场雨淋过
诗的胚芽被唤醒，纷纷破土而出
写作，使我体会到
小姑娘在林间采撷蘑菇的快乐

泰国《中华日报》2016 年 6 月 9 日

留守儿童

爸爸打工去了
把一个残缺的家

搁在爷爷奶奶肩头

他们日出而作，日落而息

种地，饲养牲畜

用汗水灌溉的炊烟，像一根线

缝不合月亮的缺口

妈妈也打工去了

让学校老师替她照看孩子

源自血缘的母爱

却没有谁能替代

别人看不到的冷

犹如春寒，封冻了孩子眼里的春光

冻红的脸蛋开不出快乐花朵

晚上，孩子的孤独映现墙上

被昏黄灯光放大，她打开书本

像一只喙角嫩黄的小麻雀

扑棱着稚嫩翅膀

渴望飞翔的梦想摇摇晃晃

不知能否穿越

一场场风雨密织的网

2016 年 1 月 9 日

水患

那些像牲口一样

被人类用大坝笼头和堤岸缰绳掌控的江水

原来并不喜欢顺从和安静

暴雨的一次次鼓动

使它们平静内心掀起向往自由的波澜

于是，迅速蓄积力量，挣断枷锁

向人类讨要立足地盘

这些呐喊的水，声势浩大

短期内就攻陷乡村和城市

高速公路封闭，车辆熄火

乖乖地停止排放尾气

被营救的池鱼兴高采烈

成群结队重返江河

自以为凭几根管道就能拴住水的高楼大厦

当被水的大军团团包围

才发现自己不过是汪洋里的孤岛

岌岌可危

倘若水不撤离

就难逃沉陷的厄运

对于水施展的暴力

没有谁不会感到恐惧

但从浩荡洪涛之中

我却看到一面明亮的大镜

——是的，警钟敲响，让我们对镜自照：

哪儿出现漏洞，需要修补？

何处发生堵塞，需要疏导？

水是大自然的血液

它的每一根动脉静脉血管是否畅通？

我相信：当水鸣锣收兵，停止惩罚人类行为

每个人都会心生敬畏，再不敢轻视

大自然潜藏的威力

碑记

岁月漫过，这座碑
回到空白状态
那种光秃，就像
不曾雕琢过碑文
仿佛洪涛席卷的大地
一片荒凉，让人根本看不出
它曾经生长过庄稼和炊烟
以及悲悲喜喜的故事

但碑，依然矗立在那里
固执地
如同一枚顽强的钉子
牢牢地咬住一段历史
纵然有一天

它会化为一粒尘埃

被风带走，在时间里

也会留下那段历史的回声

2017 年 3 月 22 日

"九一八"祭

警报拉响，只是为了缅怀与纪念

已经和战争无关

我也不必要，像当年听到警报的人们

东躲西藏，面露恐慌

"九一八"，一个让中国人痛彻心扉的日子

这一天，日寇公然亮出侵华刺刀

被豺狼们攻陷的东北三省血流成河

愤怒的祖国，从血泊中跃起

高举抗战旗帜，冒着敌人的炮火前进

伤痕累累

3500 多万颗头颅，筑起一条
抵达胜利的道路

如今，身上布满耻辱印记的祖国
伤势痊愈，旧疤上长出新皮肤
但痛苦的记忆
并未被时间抹去，也不能遗忘
就让一块块伤疤，如同圆明园废墟
时刻把警钟敲响
因为，心怀叵测的日本
仍然对祖国虎视眈眈

2015 年 9 月 18 日

汶川地震八年祭

家园已经重建，一缕缕炊烟在见证过死亡的天空
续写生活的温馨和人类对于安康的渴望
许多眺望过太阳和月亮的人，长眠于九泉之下

活着的人，他们噙满眼眶的泪水被时间擦干

或许微笑爬上了脸颊，就像新建的广场被各色鲜
花装点

看不到曾在这里布满的血迹

但我知道，刻入记忆之树的刀口并未消失

可以不再流血，惊悸也已结痂，疼痛却伴随年轮
一起长大

而渗入骨髓的哀伤，有什么药物能够治愈？

从废墟缝隙侥幸爬出，活着成为缅怀罹难者的过
程

无论走到哪里，幸存者的背影都会让人读出碑的
沉重

作为那场灾难的局外人，一起惨烈事件的看客

其实我的心情并不轻松，泪水洗亮的眼睛一再被
沙子磨痛——

地震的魔爪，继续伸向一些国家和地区

打开电视，抑或视频，一张张惊恐的脸在瓦砾间
闪现

在天灾之外，战火又在燃烧，滚滚浓烟窒息和平
鸽的歌喉

一具 3 岁男孩的尸体出现在土耳其海边，但他的
死亡

并不能拦住呼啸的炮弹，也不能拦住像海浪般

涌向欧洲各国的叙利亚难民

而"三聚氰胺"尚未淡出记忆，祸害祖国花朵的
疫苗事件

又将人们卷入恐慌的漩涡

在这险象环生的人间，太多太多的不幸以及隐忧

教我学会忍耐，学会处事不惊

并一再把要求这个世界美好的期望降低

如同翻过中年的山头，我开始理解幸福最基本的
含义

这就是健康和安宁，而所谓的快乐

则是这一基本需求能够得以实现

不会被任何灾祸打碎

《新诗路·诗人年鉴》2016 年创刊号

芦苇，芦苇

一道水泥大堤，将田野漫来的绿拦挡
却没有挡住从一条河道流来的污水，一个缺口
是泾河永远的痛
无法被时间治愈
在靠近河道出口与泾河的交汇之地
一片芦苇，把随风舞蹈的快乐给了麦浪
把聆听蟋蟀弹琴的雅兴给了闲花野草
毅然从腰间抽出佩剑
对大军压境的污染进行抵抗
被拦截的烂鞋，破袜，易拉罐和塑料袋
如同一个个战败的俘虏垂头丧气

在尘世，还有谁，为守卫一片净土
在和污秽作战

与浊流拼杀

直到白了头，也不撤离阵地

只为，呵护一朵浪花纯洁的微笑

只为，修复大地被损毁的美丽画卷

是的，对洁净的向往，对美的坚守

应该成为一种永恒的信仰

决不能丢弃。忍让和妥协

只会使这个世界向肮脏敞开的口子越来越大

也只会使——

我们用来灌溉花朵与果实的泉水

变成毒液

2017 年 3 月 1 日 《甘肃地税》

我忽然听到恒河的悲泣

我忽然听到恒河的悲泣

从探访她真实状况的镜头里

从前她那像印度少女足铃般美妙的清澈涛音

只能去泰戈尔的诗歌里聆听

堆满河岸的大量垃圾

将她拖入可怕的深渊

污染的猖獗，使她的支流亚穆纳河

也未能幸免于难

河面被厚厚的白色泡沫覆盖

空气里弥漫腥臭气味

但这不是云朵之白

而是海洛因那种冰冷的颜色

一种病毒正侵入母亲河的血液

假如泰戈尔还活在世上

他一定会奋笔疾书

控诉自己祖国管理失当造成的罪孽

让地球蒙羞

我忽然听到恒河的悲泣

从一个少女临终前挂满脸颊的泪滴里

她是一名大学生，貌美如花

对未来充满美好的憧憬

2012 年 12 月 16 日，灾难突降——
照亮她青春的阳光
被六双魔爪撕碎，连同衣服的碎片
散落在一辆地狱般的巴士车上
但她惨遭轮奸致死引发的大规模民众示威游行
并未遏制这个国家
每 22 分钟就会有无辜妇女
遭到强暴的恶性案件频发势头
罪恶，如同一条隐蔽的河流
与污染一起形成泛滥之势
继续逼近每一个被不安阴影笼罩的家庭
怎能不令人忧心忡忡？

因为泰戈尔，因为印度电影
以及那些热情奔放的歌舞
我曾经多么神往这个国家
但现在，无论如何
我再也找不到喜欢她的理由
从那遥远国度不时传来的恒河悲泣
不知能否唤醒全世界的悲悯

赶快寻找良策

为这条穿越漫漶岁月

承载古老文明的河流医治病痛

其实，污染与罪恶

也是威胁全人类的毒瘤

只有每一个国家共同携手将其切除

地球，人类赖以生存的家园

才会变得祥和，安宁

我们听到的欢歌

将会多于哭泣

2017 年 3 月 14 日

第四辑

旅行诗踪

怀想中的西藏

想起西藏

云，努力地维护着白
以不辱，天空纯净的蓝

湖，努力地保持着清
以不脏，水鸟洁白的羽毛

河，努力地捍卫着清
以不伤，相伴的牦牛和羊群

于是，散布在雪域高原的石头总是干净的
行走的藏民，随便捡起几颗
就能放心地垒起一座

向神灵祈福的玛尼堆

《西部作家诗刊》2015 年创刊号

乘列车过可可西里自然保护区

已经被苍鹰熟悉的云团和雪峰
我很难分清
还是让风逐渐剥离出它们的界限吧

已经被铁路穿越的辽阔
我也无力用目光重新测绘
还是让一群群飞奔的黄羊去丈量吧

《西部作家诗刊》2015 年创刊号

又念及可可西里

那时，列车很温柔地
或者说，怀着敬畏
在青藏高原的腹地——

一望无际的可可西里
缓慢地行进

一群群黄羊迅疾跑过
铁黑峭崖，银色雪峰
有序地更换着环立的巨制画屏
而草地如被情郎呵护的女子
温婉，安静
草甸间，雪水形成的海子
缠绕于牦牛蹄下的溪流
犹如她的明眸
每望一眼，我的心就会微微战栗

在城市，一枚枚水泥牙齿
早把天空啃噬成玻璃碎片
而此刻，在可可西里
苍穹恢复完整，蓝得似水晶
云团像洁白的哈达迎风飘舞
一只盘旋的鹰就是一支悠悠牧歌
从远古传唱至今

一种庄严气氛氤氲于天地间

我真想把自己的灵魂

投入那仿若铁水般沸腾的晚霞里

重新熔炼，浇铸

澄清杂质，让它变得洁净

唯其如此

才能与可可西里浩大的美相匹配

可可西里！可可西里！

我想念你！

但我又多么羞愧

这一具在你圣境里得到过洗礼的皮囊

如今又落满尘埃

2017 年 3 月 29 日

拉萨的山

赤裸的峭拔

顶天立地的刚烈

每一座山的皱褶和棱角

都会割痛目光，让你

感受不到一丝

线条舒展的温柔

悬挂在山尖的

是哈达一样柔软的白云

水晶般透亮的蓝天

林芝印象

似乎，西藏的绿色

全都汇聚于这块风水宝地

经幡，飘舞着格桑花的色彩

尼洋河，流淌着雪山丰沛的乳汁

因此，这里的阳光不扎人

这里的山也会绿出江南韵致

挥动一条瀑布踏歌而舞

虽然，逼仄的县城

刚刚走出旧时代影子

稀稀拉拉建筑

模仿不到大城市气派

但穿城环绕的尼洋河水

如一根银线，很巧妙地

就将那么一些缺憾修补

圣湖纳木错

请原谅，我没能克制渴念

鞋子上沾带的尘埃

对你恪守的澄澈与宁静

是一种玷污

当我知晓，你心里装着一位勇士

他的名字叫念青唐古拉山，连最强大时间

都不曾撼动他依恋你的忠贞

我又多么羞愧

雪浪冲洗的石头很干净

我捡起几颗

垒起一座玛尼堆，双手合十
为你们祈福

怀念西藏的云

沉陷于喧嚣的漩涡
心情，被灰尘和车辆尾气
抽出一条条黑鞭痕
一种痛，几乎要窒息呼吸
四周，楼群耸立
我像一个掉入深井里的人
在幻想一根白绳子

《北斗》2015 年第 3 期
入围 2015 年第二届"精卫杯"中国•天津诗歌节

九寨诗韵

枯倒的树

箭竹海里有

芦苇海里有

熊猫海里也有

要不是海子水位下降

蓝色帷幕拉开

很难看到这被遮掩的悲怆

树冠没了

枝叶没了

树皮没了

一副副交错勾连的骨架

撑起海子宁静的呼吸

仿佛，这些骨骼一旦碎裂

蓝天会坍塌

云朵会飞离

群峰环湖聚拢的滴翠生机

也会因失去根的托举

倾覆，散失

记住九寨沟

记住海子

记住诺日朗瀑布和珍珠滩瀑布

也要记住这些

为守卫大自然的美而殉职的树

像活着时一样

它们的死亡

如此安静

诺日朗瀑布

"我在仰望诺日朗瀑布！"

这是我给一位朋友发的短信

是的，我难以抑制

见到这么多水的喜悦

陇东，干旱少雨

许多河流只剩下一个空名

许多树刚长到胳膊粗就没力气长了

渐渐枯死

而在九寨沟，在诺日朗

松啊，柏啊，还有众多叫不上名字的树木

如同奶水充足母亲养育的孩子

个个长得健壮、高大

多么令人羡慕

蹲在瀑流边，我把一双被黄土打磨粗糙的手

一双被烈日晒黑的手

一双掩护眼睛、抵挡过沙尘暴的手

伸进清澈水里

不想抽出，仿佛

手上布满生命的伤口

需要柔软的水包扎，止痛

雪山下的长海

那么多海子
唯独你
有雪山陪伴

也唯独你
蓝得深邃
静得优雅

宛若一个心里装满爱的女子
情绪稳定
眼神安静

在启明宾馆小住

晨起。四面青山被一场小雨洗亮
声声鸟鸣如露滴落
清凉宁静浸润内心

白水河

从九寨沟流出
一张卸妆素面
恢复最真实的表情
像一个演员
从舞台回归生活
脚掌被现实的石头打磨
还会继续歌唱
但不是为取悦观众
而是为鼓舞自己

再望一眼那山水

一只笼子的呼唤
如绳子，无法挣脱

走出黄龙景区
站在岷山之巅
再望一眼那山水

我要狠狠记住
雪峰装饰的辽阔
云雾缭绕的苍茫

珍珠滩瀑布下的云杉

身后山林喊
回来吧，这里有坚实的靠山

谷底溪流喊
放弃执念吧，走下那块
被山体边缘化的岩石
你就会远离孤寂
和这里的花草一起分享
生活的惬意与安静

多么温暖的呼唤
一声声喊出你的眼泪
却并未动摇
石缝里扎下的根

你继续用生命琴弓

在瀑流竖琴上演奏激昂的旋律

唯愿清澈琴音

能够洗涤人们塞满噪音的耳朵与蒙尘的灵魂

去黄龙景区遇枯水期

五月，春天已经回到岷山

多半树都穿好绿色服装等待演出

唯独雨水主角缺席

导致许多节目停止上演

景区舞台

到处摆放着闲置道具——

"盆景池"成为一只空花盆

"镜湖"变成锈迹斑斑铜镜

"莲花台瀑布"这架钢琴落满尘土

"金沙铺地"像谎言被时间揭穿

露出满地沙粒

只有"五彩池"在模仿蓝孔雀开屏

却显得无精打采

有人在抱怨，来得不是时候

但空荡剧场却成为我的课堂

我认真地聆听了一堂大自然关于"水"的讲课——

水，是一切"风景"之魂

浪费水，就等于

我们给自己放血

以上组诗刊发《大风》2015 年冬季卷（重庆出版社）

贺兰山岩画及其他

岩画：汉字的幼芽

岁月失语，石头有情

它们替远古先民留下生命痕迹

数万年风剥雨蚀

也未能斑驳渔猎场景

磨损原始兽群跃动的影子

透过简单线条

我依稀看到中国汉字最早萌发的幼芽

也触摸到人类从蛮荒走向文明

踏出的第一串歪歪扭扭脚印

于是，我说，贺兰山庇护的这片漠野

是抚养人类童年的摇篮，在这里

伴随岩画存活的一株草，一棵树

一只蚂蚁，一只乌鸦

都令我心生敬畏

如同远古先民敬畏太阳

贺兰山的溪流

在石头世界

一条溪流的呢喃

愈显珍贵、温柔

她灌溉过远古先民燃起的炊烟

她哺育过原始牛、鹿群、羚羊和虎豹

如今，她继续滋养着

粗壮低矮的旱柳、血色野草

浸润着一块块风化的石头

沿岸一幅幅原始人类留下的岩画

倒映水面，生动成水的记忆

没有被时间抹去

潺潺溪水流入贺兰山以东的黄河

就会成为母亲河的血液

我们的乳汁

我以一棵草的谦卑

在风里，弯下身子

用双手，触摸着清澈流水

就像触摸着贺兰山

不息跳动的脉搏

在贺兰山下

原始人都知道

通过刻绘稚拙岩画

记下飞禽走兽的踪迹

记下渔猎场景

我没有理由不书写

我要留下生命痕迹

告诉岁月

自己没有白来这世上一趟

感怀

稀薄植物，遮不住

贺兰山裸呈的青灰色荒凉

血色野草，一丛丛沙棘

也掩盖不住

遍野石头堆垒的荒凉

在漫漶岁月风化的荒凉里

一条溪流弹奏的清澈琴音

引领我去探寻每一个生灵的踪迹

并欣喜于——

枯木长出新枝

蚁群在石缝爬行

蚂蚱在草丛蹦跳

几尾小鱼在水坑里游弋

一只漆黑乌鸦，以鹰的姿态

在荒野巡视一圈后

飞越贺兰山峰顶

史前先民刻绘的岩画

迸射出智慧之光，它是一缕

肇启人类文明的曦辉

穿透蒙昧暗夜

照亮我的思索——

人的一生并非一场"虚无"的梦

在倾洒血汗的地方

定会留下生命深深浅浅的痕迹

而不会被时间尘埃掩埋

触摸荒凉

去宁夏银川

是一次边塞之旅

水洞沟原始人遗址，明代长城

红山古堡，藏兵洞

走过驼队，也留下土匪马蹄印的大峡谷

一次次把我的思绪

拽回到久远年代乃至远古时期

深入与返回间，奔波的双足

探测到历史深度

即使漠风吹来几粒黄沙搁在肩头

也会使我掂出时间的重量

顿感生命之轻

我握紧手中的笔，却羞于说

自己写下的文字

会具有贺兰山岩画的生命力

能够持久地

与岁月抗衡

以上组诗刊发《汉语诗歌》杂志2016年第5期

海鸥

海鸥比鸽子稍大

能凫水，长有掌蹼

——妻子说，她从秦皇岛乘坐渡轮

到达韩国海岸后，站在甲板上的游人

纷纷举起手中火腿肠

或别的食物

让一群群飞来的海鸥叼吃

显然，它们已经习惯于

和游客进行这种游戏

这时，一个男士

趁一只海鸥飞临手上捉住了它

逗玩一阵后，将其放飞

但没过多久，也许是饿了

也许是经不住同伴们满载而归的诱惑

又向游客飞来，飞向那双
捕获过它的
拿着半截火腿肠的手

《当代教育》2016 年第 3 期

麦积山

众佛与群燕
共居褐色高崖

佛龛铁栅环护
香火不绝
燕穴无门无窗
难遮风雨

本是慕佛而来
目光，却随欢翔的燕影
飞向云天

第五辑

城市意象

夏日早晨

喜欢这夏日早晨：天色过早放亮

群燕啼鸣，天空湛蓝，空气清新

洗漱完毕，我静静坐在书桌前

读书，或者写作，内心澄澈

一如对面楼窗玻璃，反射着柔和晨光

喧嚣涨潮，城市，乃至整个世界

开始安排新的一天运行步骤

我已经适应并习惯于：在阵阵撞击耳鼓的噪音里

聆听思想动静，与灵魂密语，书写着宁静诗句

这是最惬意时刻，暂时没有任何人，任何事

打扰我从六点开始独享的这段安静时光

我通过完成一首诗歌，把被坚硬生活磨损的灵性

修复

为内心输入另一种氧，加强精神脉搏跳动

而每天如此起跑，自信而充实地活着
还有什么不平，不可以原谅？
还有什么路障，不能从容跨越？

《红都》2016 年第 5 期

雾霾

宇宙蓝色肺上
长出一颗毒瘤

一口巨大的钟
悬在人类头顶

钟声，不是晃动的耳环
请把它锻造成一把手术刀

入选《当代诗歌精品赏析》（2015 年，山东画报出版
社出版）

扶轮椅挪行的男人

显然，他在试图做着
摆脱轮椅的努力，仿佛
一个初学游泳的人
抱着一只救生圈
既依赖，又想脱离

是脑梗，让他变成学步的孩子
一切回到人生起点
病痛，使心灵脱光欲望羽毛
即便有飞翔冲动，也只是
一只鸟儿在笼里的挣扎

现在，他使出浑身解数
仅能做到

不让自己摔倒

用蜗牛步履

清点残剩光阴

《楚天文学》2014 年第 6 期

入选《当代方阵·经典短诗》

受伤的鱼

夕阳，一只浮标

被时间提走

夜色涨潮，尘世

安静成一片夜幕覆盖的大海

一枚上弦月，一尾游动的鱼

安静地吸纳上苍

馈赠的氧

楼群，伪装成美丽珊瑚

诱鱼进入

却是处处让它碰头的暗礁

看啊，那漂浮海面的

不是星星，而是

沾满泪水的鳞片

《华语诗刊》2015 年 1 月 30 日

公交车

一张脸靠近另一张脸有什么用

背贴背、胸靠胸有什么用

抵抗与戒备，还是把心与心之间的距离

拉得更大

暖气不断释放热量有什么用

它不过使浑浊空气有了温度

一颗颗被挤冷、挤痛的心

需要爱来取暖

——而爱，却如钱包

被警惕的手捂紧

《大风》诗刊2015年春季卷（重庆出版社）

烟花绽放

不过是一场虚张声势的表演

这些擦在城市脸蛋上的脂粉

很快脱落，赞美

化为一缕青烟飘散

最终让人们仰望的

还是月亮和星辰

即便是与草根为伍的萤火虫，也拥有

比这些虚拟花朵

更持久的光

《飞天》2015年9月号

旋转的陀螺

似乎时间也有重量
这只缠绕晨光的铁陀螺
转着转着就慢下来
像喘息耕地的老牛
一个老男人挥鞭狠劲抽了几下
它迈快了步子

但怎么快，都快不过
陪伴童年的那只木质陀螺
扬鞭轻轻一抽
它就像长了翅膀
在地上飞

铁陀螺转速继续被一根鞭子控制

旋转，使它闪闪发亮

仿佛稍有怠慢，就会在时间里生锈

如我，不敢停下奔走的脚步

怕一偷懒

会被疾病追上

《甘肃健康周刊》2015 年 7 月 20 日

《楚天文艺》2015 年第 3 期

烫发的柳树

这是一个老太太的发现

她对同伴说，你看这些柳树叶子

卷得像女人的头发

我想，她说这话的时候

一定会想起少女的刘海

中年的烫发

还会想起初恋，想起初吻，想起红盖头

想起新婚第二天晾晒床单的羞涩

——而现在，紧跟时尚的花卷卷没了
满头白发，如同缀满霜花的枯草
稀疏得搭不住梳子

不过，老太太神态安详
没有流露出一丝对衰老和死亡的恐惧
我不无敬佩地看了看她，又望了望柳树
这时，蓦然看见你的影子

《当代汉诗》2016 年第 5 期

索道

只要舍得花钱
你就会给自己买通一条路
绕过弯道，避开陡峭
把偷懒的胆怯，耍滑的投机

变成一次享受舒服的机会

甚至，你可以以居高临下的姿态

把比你力气大而爬山的人看小

——当然，你做出这种选择

不全怪你

不论在中国哪个景区都设有索道

——一条让意志和信心躲避艰险考验的出逃路线

它的诱惑谁能抵御?

如同办事情，总想找一条捷径和后门

抑或，就范于潜规则

《中国诗人》2016 年第 2 期

越冬的竹丛

对于你，季节是一条波澜不兴的河流

从生命中平静地流过

昨天，今天，明天

从河水里照出相同面影

无喜，无悲
时间利用这架绿色钢琴演奏的琴曲
始终平缓、柔美
让人听不出跌宕起伏的旋律与节奏

那么，在生命内部
你究竟建立了怎样的避雷装置
使季节雷霆，无法撼动你坚固城堡
在严冬，当所有植物被风刀剔尽叶子
你仍然把春天赐予的桂冠戴在头上
领受世人对你绿色生机的赞美
但我不能不质疑：当你把走过四季的脚印
重叠于一成不变的秩序中
始终用单一色彩绘一幅雷同的画
你可会体验到活着的乐趣？
是否醒悟：当一种生命力，没有用于新的创造
它将如闲置刀剑
被时间氧化，变钝，爬满锈斑？

我倒希望：你挂满陈旧蛛网的城堡

被一声春雷摧毁

使惊醒的你，如凤凰浴火重生

以新鲜而富有激情的翔姿

把世人寻求美的目光引向一个簇新领域，而你

必将感受到

生命重焕光彩的巨大欢喜

《中国诗人》2016年第2期

当一条大街被挖开

当一条大街被挖开

我看见这根城市肠子里

塞满尚未被消化的鹅卵石

我突然明白

河流为何越来越瘦弱

我打量着挤满城市空间的建筑

仿佛替母亲打量着她个个长壮实的孩子

郊外河流，荒草丛生，垃圾遍地

沿岸许多渠道和管口排放的污水

在腐蚀她的血液

如同雾霾吞噬天空的蔚蓝

采砂船铁臂继续在挖她的内脏

——在城市繁华之外

一条脐带正在萎缩

《昭通日报》2015 年 5 月 10 日

陇东之春

去年入冬以前，我见证了

园林工人给临街绿化带搭建温棚的繁忙

今年开春，我又看见

他们在一列长长的温棚上

等距离割开一个三角口，就像

打开一扇扇窗

哦，我看见春天稚嫩的脸

探出窗口，正在好奇地

打量着依然灰沉沉的城市

打量着身着冬装的行人

打量着飘舞的雪花和黑枝行道树

温棚里，叶片碧绿的冬青树挤挤撞撞

这是襁褓中的春天

是刚啄破蛋壳的毛茸茸春天

从枝叶间萌生的嫩芽

我听到春天发出一声声啼叫

——而这些鹅黄的喙，终将啄尽

春寒里弥漫的荒凉

《延河·下半月刊》2015年第8期

擦玻璃的女人

城市是一个大蛋糕，擦玻璃的女人

把自己悬于高楼，以擦板为刃

要切下一块向往的甜
喂养日子

擦玻璃的女人，不惧危险，蔑视艰辛
却忘记去呵护
裸露的腰部，这健康的破绽
常被冷风偷袭，为她种下疾患

擦玻璃的女人，终被风湿症撂倒
脊椎神经如大梁被病患蛀虫摧折
再也撑不起生命屋宇
如同一只折翅蝴蝶，扑棱于地

《昭通日报》2015 年 5 月 10 日

分割

事实上，除了这一副被时间用旧的皮囊
我们没有不被分割的

听觉被各种噪音分割

视觉被高高低低的楼群分割

嗅觉被车辆尾气没完没了地分割

触觉被碗筷、电脑键盘、高脚酒杯、女人的头发

和皮肤

各种衣物、鞋子分割

思维被工作、文件、会议以及烦琐事务分割

即便没有上述东西分割你

潜伏于体内的疾病，如同刺客

又会分割你的健康

欲望丛生，杂草般

在分割理性稻谷占有的田地

那些每天都在发生的阴谋和流血事件

则在分割内心的宁静

我必须承认：自己多像一块布满裂缝的玻璃

镶嵌于现实窗户上

写作，是给裂缝粘贴一条条透明胶布的过程

但我不知道，这种拯救方式

能否使被割裂的自己恢复完整

《岳阳日报》2016 年 7 月 4 日

羡慕

这些爬满锈迹的自行车架
这些残破的铁锅、犁铧
这些废弃的机器零件
这些扭作一团的钢筋、铁丝
它们曾在生活中发挥各自的作用
就像我在家庭和单位担负一份职责
现在，经历不同命运的它们
相聚于一家彩钢厂院内
将被回炉冶炼、锻造
以崭新形象复活
而我，活过半生，失去的年华
如一根甘蔗，被时间嚼成了渣
哪怕复原短短一截
都不可能

《岳阳日报》2016 年 7 月 4 日

不可测

不可测
这神秘的宇宙
这动荡的大海
这无常的命运

不可测
这善变的人性
这欲望的渊薮
这心灵的深度

不可测……
我想拥有一双孩子的眼睛
因为无知，无邪，会把世界看得简单
反倒会活得愉快、轻松

《东江文学》2016 年第 3 期

这么多年来

这么多年来，我挣扎在生活最底层
凭借一支笔，把不甘平庸的人生支撑
这是一只蝉蛹在洞穴里匍匐的过程
满眼的黑，看不到出口
从草根里汲取养分
哺育歌唱的梦想

这么多年来，我一直在单枪匹马奋斗
像一只沉默的蚌，在暗流激浪中摸爬滚打
艰辛锻硬骨骼，内心始终柔软
命运植入的每一粒痛苦之沙
都会被我用智慧和心血
磨砺成诗歌珍珠

这么多年来，我没有圈子
凭借坚韧志气推动生命的船只艰难地行驶
跨过重重明障暗栏而执着迈进的双腿
是我唯一依靠的一对桨板
船体布满伤痕
但我终于从险滩驶向辽阔的海域

《躬耕》2016 年第 1 期

在城市，雪总是被拒绝

是的，那些面孔僵硬的水泥建筑不需要雪
即使被雪装饰成"琼楼玉宇"
这美丽的假象
也很容易被时间揭穿

那些习惯于被尘埃覆盖的大街小巷
也不欢迎雪，作为城市的左膀右臂
它们深知：在这张白纸上

将会写满黑车轮和脏脚印提供的证词
举证城市在繁华背后制造的种种污染劣迹

因此，当一场雪落下来
很快就被接到指令的扫帚和铁锨清除
似乎让雪多停留一会
都会使城市感到不安
如同一个丑陋的人
惧怕面对镜子

街心花园

这只用旧的救生圈
搁置在冬季荒凉里
被寒风拿针扎破
一场雪为它贴上白色胶布
也无济于事，还是漏气
无法鼓圆绿色生机
到了春天，它的漏洞才被春风修复

并被染成彩色，漂浮在

人流和车流交汇形成的漩涡

供几只蝴蝶和一些行人用它泅渡喧嚣

但无法驶向他们向往的大自然

只能在漩涡里打转，歇息片刻

然后又滑落于那条叫"生活"的浑浊河流

成为一尾尾缺氧的鱼

艰难地游动

火车

它按照规定时间，进站，发车

要是一个旅客来迟了，它根本不等

再怎么跑，怎么喊，也不等

哐当哐当地扬长而去

但此刻，我忽然原谅了火车的冷漠

长年累月，它被安排在一条固定线路

来回奔走，翻山越岭，过桥钻洞

累的时候，可以模仿老黄牛哧哧地喘几口粗气

但不允许它学习神话中的巨龙腾飞

烦的时候，可以在驶过旷野之际

呜呜地吼叫几声

但不允许它享受一次毛毛虫的自由和快乐

——在树上，抑或地面随意爬行

它真的很不容易，一直在隐忍中敬业

用忍耐压住冲撞胸腔的火，要不然

用那么多巨大轮子反复磨擦铁轨

早会把铁轨像一根导火索点燃

放心，那嗖嗖腾起的一股股灰白色东西

是蒸汽，不是烟缕

所以，我对火车的要求很低

只要它不出轨就行

《红都》2016年第5期

《关东诗人》2016年冬季号

锄草的女人

南山公园。几个头扎白色围巾的农妇
手持长柄铁锄在花圃里锄草
为众多花木疏通生长的道路
锄完一个园子草后
她们放下铁锄，坐在地边歇息
不说话，目光透过缤纷花枝
欣赏城里女人踩着音乐节拍跳舞
没有听见草的哭泣

雪霁，在路上

我不得不把身子往上提
身披银甲的路肯定会感觉到

我的双脚对它保持的警惕

目光时不时被路面拉至脚下

反复推敲"如履薄冰"这个词的含义

一些人开始铲雪

另一些人则手持铁锨站在停于路边的车上

往路面抛撒灰渣

行至能踏稳脚掌的路段

我的脚步明显加快

要把被耽误的时间追回来

源自脚底的冷与暖

把行程演奏成跌宕起伏的旋律

恰好表现了人生的主题

我忽然想到：在自己的一生

谁是给我脚底铺冰的人？

谁是铲雪的人？

谁又是铺垫灰渣让我走得稳当不会摔跤的人？

而在路上迎接我的

不论是鲜花还是荆棘

都会鞭策我奋力前行

《岳阳日报》2015 年 12 月 14 日

寂夜，又闻流浪狗在撕咬

它们不该打架啊
应该结伴而行
用卑微的身躯筑起一堵墙
抵挡寒风

不该为了一块骨头
以利齿相斗
把月光咬碎成盐粒
撒在各自的伤口上

如果它们能够
相偎而眠
这个夜晚
该会多么温暖

敬佩一只猴子

车站广场，零零散散围了一些人
原来，有个黑脸膛中年男人
在这里要猴
他一手牵了三只猴子，一手持一根棍子
喊着话，让猴子做出各种蹦跳、作揖的动作
有一个节目是：他举棍逼迫一只猴子
拿起一把刀去杀另一只猴子
要被杀的猴子，吓得伏地缩起脑袋
但这只猴子举起刀，并没有去砍同伴的脑袋
而是向那男子砍去
惹出一片笑声
我不知道这是否是要猴人设计好的情节
忽然对这只猴子心怀敬意
——颠沛流离的生活

并没有泯灭它体恤同类的善性

《中国诗歌》2017 年第三期
《巢》诗刊 2016 年 3、4 合期

麻将

之一

成人积木
让许多人找到消磨时间的乐趣

也让许多人
守着生命的残垣断壁
试图把残破的发财梦修补
但这种饮鸩止渴的游戏
只会将他们带入更大的迷宫
输得更惨

之二

哗啦哗啦

我听到生命冰层

在时间里碎裂的声音

但并非在宣告春天到来

而是揭示

年华的叶片

坠落得更快

烟缸里，堆满

生命的灰烬

网上又挂出一位自杀诗人的黑白照片

把涂在脸上的油彩还给生活

把肉身还给时间

当凝固的笑容

被黑纱环绕

并不代表生命的落幕

从死亡开始，他澄清了另一种活法

没有痛苦折磨，没有私欲纠缠

完成蜕变的灵魂之蝉

继续在艺术的丛林歌吟

被他决然扔弃的

仅仅是一只沾满泥浆的蝉蜕

囚徒

我们都是被时间押往断头台的囚徒

活着是服刑的过程

每个人从出生那一刻起，都被时间判了死刑

庄子早有预言："天地为棺椁"

向死而生的宿命，没有谁能够违抗

生命的日历，过一天就要被撕去一页

失去年华的疼痛，应该使人更清醒

更懂得珍惜光阴和生命

以及人与人难得相逢的缘分

但仍然有很多人，为争名逐利

继续斗得头破血流

用眼泪和相互诋毁、诽谤的唾沫星

往自己的伤口上撒盐

有很多人还在攀比：

谁住的房屋面积大、装潢考究，是否黄金地段？

岂不知：我们所居住的房屋

都不过是位置不同的牢房！

季节在轮回中，以花枯叶落的方式

不断提醒人类：你们被押赴刑场的日期在迫近

赶快把想要做的事情做完

将渴望实现的梦想去实现

可那些寻欢作乐的人

他们被美色和酒香套上另一种枷锁

浑然不觉，任由曾经打造的那把

攻占事业高地的三尺长剑爬满锈斑

直到一根绳索悬于眼前，他才从浑浑噩噩中惊醒

——啊，我在人生舞台尚未演好自己的角色

有太多缺憾需要弥补，怎么这么快生命就要落幕？

但后悔为时已晚

冷酷的刽子手决不会心慈手软

饶你一命

此刻，从时针迈动的匆匆足音里

我又听到死神在搭设绞刑架的声音

看到一个绳圈晃动的影子

按照钟锤的节奏摆动

我茫然四顾，谁是靠近我的人？

谁愿意与我牵起手

用友爱的温暖抵御逼近的恐惧？

2月21日，雪落平凉

一场雪带来的甘露

暂时让城市回归安静

车辆缓行，行人放慢脚步

所有高高低低的建筑收敛棱角

以端庄的姿态

与雪营造的静谧氛围达成和谐

祈盼已久的清新空气被风送达鼻端

不再会被飞扬的尘埃埋葬

而当我，对城市解除一份戒备

感到无比惬意和轻松

旱情持续已久，这一场雪

是上苍给芸芸众生补偿的供给

虽然来得太晚，人们的眼眸里仍然闪耀着喜色

大家纷纷拍照留念

仿佛要把这份恩情铭刻于心

覆雪的山塬拥有了一顶顶取暖的毡房

冻伤的树木被缠上绷带

街心花园变成临时医院

枯萎的花卉在输液

贫血的草根吞服着雪花的药片

—— 一场雪的爱，激发它们

战胜荒凉、迎接春天的信心

站在柔软的雪地

我比蒙尘的植物更需要洗涤和润泽

一朵朵雪花亲吻脸颊

这是上苍以最为温柔的方式

将我灌溉，而我的报答

就是写下这首诗歌

让这一场浸润生命的雪

弥漫诗意的芬芳

把羊群赶进河边草滩

那人把羊群赶进河边草滩

无异于把一群狼赶进羊圈

草们发出的一声声尖叫

没有使河流掀起巨浪狂涛

驱赶羊群

它尽量摁住水声

悄悄流过

作为一场劫难的目击者
——扎堆的鹅卵石
没有一个亮出棱角
对付羊群锋利的牙齿

有人因为喝到羊奶
在赞美羊
对于它们的暴行
却避而不谈

我的文字撼不动这个坚硬的世界

我的文字撼不动这个坚硬的世界
也许，是它太弱了
弱得像一株草
从萌芽到枯萎，在时间的汪洋里
溅不出一丝回音

弱得如一朵小花

常被放蜂人忽略

那嘤嘤嗡嗡的喧闹不属于它

只有几只同样卑微的蚂蚁

愿意与它结为知己

但是，世界啊——

我用心血喂养的无名小花和野草

确实来过这世上一趟

并且，也为多灾多难的人间

增添过一抹色彩，一缕芬芳

2017 年 4 月 15 日

最后的花朵

在我这一生，有许多梦想流产

因为困厄

因为错失机遇

如果这是一种失败

我已经学会适应和承受

心里结满的疤，块块坚硬

完全能够抵御更多失望的打击

但我又如此坚韧

宛如一棵长在旱塬上的桃树

不管经历的严冬多么干旱

年年春天，仍会绽放满树血色桃花

它就像把自己的骨头点燃

燃烧出一片熊熊烈火

一些桃花被一场大雨带走

一些桃花被一场冰雹带走

一些桃花被一阵大风带走

一些桃花被几条虫子带走

剩下的，寥寥无几

却继续在孕育果实

我所钟爱的，以心血喂养的诗歌

就是留守在生命枝头的最后一朵桃花

你赞誉它很美吗？
可我只能以凄然的微笑告诉你——
这是从生命中绽裂的一个伤口
我收获的一缕果香
来自疼痛
它有一颗坚硬之核

2017 年 4 月 15 日

我又看见那个盲人

他，一个中年男人
矮个，双目失明
穿一身旧蓝色中山装
拄盲杖敲打着由南向北而行
走出石家巷，左拐
去一家按摩店上班

多年前，我就注意到他

那时，有智障妻子搀扶
脸上荡漾着笑意
不知何故，现在他孑然一人
她去世了？
还是改嫁了？

但他以盲杖探路
独自前行
穿过人群，穿过车辆缝隙
并未被道沿绊倒
他左摇右摆，走得
如此执着而坚定

看见他，对于自己所走的路
我羞于说坎坷
只感到有一种力量
如同涨潮的海浪返回内心
全身血管里响彻
激越的涛音

2017 年 4 月 20 日

倾诉与聆听

你泣不成声
以双手掩面

随一支钢琴曲流淌的时间
突然间凝固
如同遭遇倒春寒的溪流封冻
使我这颗柔软的心
被源自你命运里的寒意
击中，战栗

我真没想到
时尚、能干的你
心里会蓄满这么多的泪水
——许多辛酸与委屈

沤成的苦汁

倾倒吧!
今夜,我愿意成为一只
高脚杯,盛放
你泪眼婆娑的
悲伤

2017 年 4 月 7 日

第六辑

情有所寄

塬上残雪，一簇暖心的火焰

多像我对于爱的记忆

破碎在岁月的风里

不论动用多少回忆的针线

都无法将那一场温柔的雪修复

心里堆满往事的枯叶

一次次用它们拼出一张春天的笑容

却再也触摸不到她从前的温度

而此刻，从时间齿缝里遗漏的点点残白

一如死去多年的爱情骨渣

用目光摸一摸

心情就被割出一道道伤痕

但这又是多么珍贵的纪念

除此，我再也拿不出任何凭证

证明自己曾经爱过

当生命日渐步入冬天的荒凉
我忽然理解了一座荒山的落寞
它攥紧的这些残雪
其实就是一簇暖心的火焰

夕晖

一抹玫瑰红夕晖，在林中缠绕
距我如此之近，好像不是错觉
好像，走进林中
就能触摸到她绸裙柔滑的质感
但我的理智很清醒，一次次将加快的心跳摁住
是的，我不会再犯这样的错误——
一只蝴蝶栖落花间，痴迷观赏间
因为太过喜欢，我欲伸手将其捕获
弄出的动静却把蝴蝶惊飞
此刻，我克制着冲动的欲念
没敢向前跨出一步
就让这上苍赐予的温馨时刻

在一段距离里，把自己安抚

暂时忘记逼近的夜色

泰国《中华日报》2016 年 6 月 9 日

旧故事

那年，他像一列火车

被命运之手扳轨改道

突然间脱离

阳光照亮的路线

进入一个阴冷、漆黑的隧洞

这时，你用爱点亮一串灯盏

护送列车

奔向明亮的出口

而把列车抛下的黑暗

独自承负

月光下的向日葵

是月亮的梦境被向日葵的光芒照亮
还是向日葵梦见自己睡在月亮的白纱裙边？

风中舞动的每一枚金色花瓣
都是一束燃烧的火焰
一棵向日葵的身体里响彻阳光的呐喊
结籽的葵盘像他的情欲一样鼓胀
但多么无奈，没有一架梯子供他攀援
他只能一次次踮起脚尖
眺望那一张在云帷后面浮现的皎洁脸庞

无法回避，美人蚀骨的气息
这是在岁月里酿造的一坛佳酿
仅仅添了一滴

他的夜晚就被一片银色的大海淹没

使他陷入相思的漩涡，无力自拔

内心的大火继续在燃烧

梦中白身子的女人，在闺房梳妆

不曾向他瞥上一眼

此诗荣获舞钢市首届全国葵花节诗歌大赛优秀奖

柳湖的黄昏

周边林梢，被渐浓暮色

织入一帘幽暗

举目望向头顶

天空依旧澄澈

而它努力保持一片瓦蓝

似是为让一树树粗粗细细的秃枝

完成一幅幅炭画

后来，月亮恰到好处地升起来

轻盈地挂在树梢

为我读到的画

营造出诗的意境

而这般清寂氛围

适合我思念你

这张石椅是我们坐过的

这棵百年旱柳，曾在许多夜晚

为我们遮掩过羞涩

如今，风的抚摸

使眼前的湖，继续胸脯起伏

我却只能采撷一缕月光

弹去记忆里的灰尘

让你的笑容

以及在我肩头搭过的长发

重新浮现

昙花

醉心的美梦，来得容易
也破碎得迅速
从梦里跌回现实地面
心被摔痛
任凭我发出声声呼唤
你再未打开合拢的花瓣

而此前，我还以为自己是一只幸福的蜜蜂
要把你意外恩赐的花香
酿成更多的蜜

如同月亮，你隐入云帷
覆盖身体的月光像大海退潮
我成为一只孤零零的蚌壳

留在荒凉沙滩

依然萦绕着你香味的回忆
是我默然孕育的
一颗珍珠

河流与石头

河水瘦了，薄了
石头圆了，小了

河水抱怨说：你是我的拖累
削掉我澎湃的活力
石头唠叨道：是你把我带向平庸
让我失去棱角后，再也溅不出一朵浪花

原来，不是所有的不离不弃
都会产生爱的激情和动力
它也会成为
彼此消耗与摧残的痛苦过程

湖

你的水还是那么清澈，仿佛
岁月对你格外开恩
绕你而行

波浪起伏，这是你最温柔的样子
现在，你却在承载另一只船航行
船上人执桨拨动着云影、树荫
被惊动的鱼群，如同你的记忆
在我熟悉的水草间穿行
搅起波澜
——而这一切，像一段往事
被你悄然隐藏

在你岸边，再也不能停泊我的船

但从那个人挥动桨板的姿势里
你总会看到我划船的影子
甚至会感觉到
一对桨板起落的轻重

影子情人

众多酒杯相碰。没人注意
他投来的一瞥
烫红了她埋下的脸颊
朋友们的身影晃过霓灯眼眸散去
也没人注意，临别时
他吐露的一席热辣辣醉话
连同他摇晃的影子
被她悄然珍藏

相遇，依然是镇定自若的淡淡一笑
擦肩瞬间，他带动的风
卷起她内心的波澜

但她从不愿表白萌动的情愫

怕一张口，从洞里爬出的蝉

找不到栖息的枝，一支动情的歌

只给月亮轻唱

那些试图靠近她的男人

纵然风流倜傥

纵然才华横溢

总被占据她心灵的影子

轻轻一晃就给打败

多年过去，她从少妇变成老妪

那个贯穿一生的影子

却不曾淡去

记忆略比情感忠厚

我们爱过，又分离

回归各自的生活

像退去的海潮回归大海

随海潮起伏的沙粒落回沙滩

彼此合奏的激越旋律戛然而止

或者，只留下一丝余音

在心贝里回旋，但记忆

如同屹立海边的一块礁石

却把我们爱过的深深浅浅痕迹收藏

使回忆有迹可循，不至于陷入空茫

而找不到重温那份甜蜜的方向

喊叫

一束阳光挤进窗缝

　如一把铮亮的钥匙

插入锁孔

打开一粒尘幽寂的呼吸

——她，被久违的温暖唤醒

与莅临的爱缠绕，似飞蛾

旋舞于一豆灯火旁侧

无比欢悦

刚刚启幕的故事，因一双手的干预停演
一根牵动太阳的神经
被夹痛，他发出的喊叫
却无人听见

失魂的蛾，捂住一针疼痛
重新坠入深渊，只能在梦中
修复折断的翅膀
捕捉闪电取暖

甘沟河之一

枯水季节，长满河滩的草
在风中模拟波浪的形状起伏
像失恋的女人
在梦中重温欢爱的甜蜜

一场雨落下来，激活一河情话
却是短暂艳遇
澎湃的激情很快退潮
卵石缝隙扎不下浪花的根

秋风一吹，填充寂寞的草枯萎
褪色的往事
把一些暖意留在日渐斑驳的回忆里
供你御寒

甘沟河之二

雨来，就活了
雨去，又干涸
——甘沟河，多像一个孤寂男子
渴望在一场艳遇中找到爱
当激情波澜很快退潮，寂寞
如堆积河滩的石头
有增无减

四月，桃花灼灼

四月，刚刚接班的春天
正在动用春风和阳光的力量
搬运荒凉
从点滴绿色可以确定
她已经从荒草里理出修复生机的头绪

一些灌木对于冬天的迫害
仍然耿耿于怀，甚至咬牙切齿
弄得气氛有点紧张
但这不会影响到我欣赏桃花的心情
这些不谙世事的女子
身着粉色裙裾，闪现林中
有种透明的单纯

我尽量把张望的眼神
装得优雅而温柔
其实，只恨自己
不是一只蜜蜂，抑或
一只蝴蝶

鹊桥

——米家沟诗踪之二

原来，传说也可以嫁接
这座落回现实地面的桥，让我看到——
爱情具有草籽的生命力
不论随风飘到哪里
都会落地生根
繁衍浪漫

鹊桥，又像时间埋设的伏笔
暗喻人间仍有王母娘娘存在

仍有一条条隐藏的银河

将相爱的人阻隔

他们千里共婵娟

永难成眷属

那么，站在桥上，一定会有人犹疑片刻

他在雾岚里看到的爱情

是对面山上的一树树杏花

并非每朵杏花都会结出杏子

即使结出杏子，有的杏核甜

有的杏核苦

《世界汉语文学》2015 年第 3 期

《当代汉诗》2016 年第 5 期

茶与爱

开水滚烫，如被爱加热的

心灵温度

悬浮水中，一枚枚蜷曲叶片

舒展开自己

如他怀中的你，逐渐放下矜持

被他的唇打开

一层一层的门

你释放出缕缕体香

如茶交出茶味

由无到有

由有到浓

由浓到淡

现在，你们谈论过往爱情

如谈论一杯

热气散尽的茶

被喝淡的茶叶，沉入杯底

像秋叶，在静静地怀念

绿意盎然的春天

此诗荣获 2016 年首届"官家老茶杯"文学大奖赛现代诗歌类优秀奖

腾格里沙漠

我多么幸运，两次
借助一辆越野车的力量和速度
在你起伏的沙梁上冲浪
发出一声声尖叫
无所顾忌地释放久抑的激情
但是，我羞于说
自己已经撩开你神秘面纱
你的辽阔和深邃，你的变幻莫测
你的奇妙蜃景，于我
仍然是无法猜破的谜底
当缀满额头汗珠
被放牧沙粒的漠风挥鞭抽落
满眼苍茫
又被夕晖镀亮的时间搬回内心

我静静地眺望着你迷人曲线
如同沙滩上一枚卑微贝壳
目送海浪退潮，而恢复平静的大海
突然变得陌生
怎么也望不到她的尽头

北山

一次次登临
一次次，用熟悉的树荫、鸟鸣和流泉
把被时间磨损的记忆
清洗，修复

这条小径，我们走过
这片林子，我们来过
这条石凳，我们坐过
我启动回忆的唱机
反复播放一支
我们共同听过的歌曲

一树树槐花被风吹落
像你那天离开时挥洒的泪滴
我的心底
铺满寒霜

倾诉

请原谅，我还是没能忍住
写下这首情诗
渴念，见了光，如此忐忑和羞涩
似乎也不合时宜
既然错过春天，错过夏季
就应该让心灵，像海浪退去的沙滩
把往事的扇贝珍藏，直至它们
被时间之沙掩埋
而不该，燃烧如菊
面对你色彩斑斓的秋天
藏不住炽烈的火焰
如果，你不能赐予一缕柔风

就请赐予我一场雨水

《当代教育》2016年第3期

一对白鹅，在车场沟水库凫游

风拂草尖

花香扑鼻

——把这些轻柔加在一起

都比不过，两只白鹅

对一泓碧水表示的亲昵

它们似两朵缠绕的云影

在水面漂移

游过涟漪，涟漪纹丝不乱

如同一双玉手捻动古筝的弦

弦索颤动，从指间流出悦耳琴音

我相信这是一对正在热恋的鹅儿

彼此洁白的身体
时不时靠在一起
金黄的喙也会碰一碰
像是在亲吻

我也有过想飞的感觉
——当爱充盈内心
可以忘记生活之忧
而使跋涉坎途的脚步
变得轻盈

开过六月的槐花

在关梁，我看见开过六月的槐花
终于被风尘仆仆赶来的蜜蜂们追上
使滑落于悬崖边的美，因被爱情挽救
重新流光溢彩，仿佛
行将熄灭的灰烬，重燃璀璨的火焰
这是天作之合吗，连喜欢穿针引线的风都变得多余

每一朵槐花裙边，粘着一只痴情的蜜蜂

槐林里织满甜蜜的呢喃

似乎从树缝照进的点点阳光

都是一滴滴金黄色的蜜，香甜了分分秒秒的时光

今夜，一对对情侣

定会把月光吟哦成流蜜的诗句

散布在草坡上的一座座木房子

胜过国王的宫殿

入选中国诗歌网（中国作协主办）"诗脸谱"

忆及桑科草原

那时，我卑微，忧郁

从身体到心理，都没有准备好

突然遇见你，是错误的缘

我浪费了那段好时光

一匹剽悍的白马候在身边

鬃毛纷披，尾巴摇摆
你递来一根马鞭，我没敢接
辜负了草原铺开的辽阔

你弹奏着马头琴，低沉而悠扬的旋律
是我渴念已久的天籁之音，当它
如此热烈地撩拨神经，连风儿也应和着
调动无边草浪翩翩起舞
可叹啊，我笨手笨脚，跳不出欢快舞蹈
配合你释放压抑很久的激情

躺在草丛里，我愧疚，自责
不如一团马粪，它尚能滋养
簇拥自己的花草
而我多么无用，一段幸福光阴
被我虚度

《甘肃日报》"百花"副刊 2015 年 4 月 21 日
《西部诗报》2015 年第 2 期

唱给西湖的情歌

我从陇东走来，带着黄土塬的渴意
你被那么多画舫和游船簇拥
伫立岸边，拂开柳丝，我眺望的眼睛
比游客手中相机还要贪婪
恨不得把你全部的美摄入心灵镜头
请别笑我太傻，站在雷峰塔肩头
心跳比风铃的摇动更要剧烈
绿树掩映的小岛，高高隆起诱人风韵
碧波荡漾，犹如你的裙裾随风轻飏
多想变成一朵云影，偎在你身边
你安静的妩媚却如此高不可攀
如同擦肩而过的杭州女子
眼眸里不曾为我荡出一丝温情涟漪
唉，千里迢迢赶来

却不能逾越陌生鸿沟

只能隔着一段距离

静静地凝望你，从早晨到黄昏

从喜悦到忧伤

在理智烟缸，我悄然摁灭欲念烟蒂

缠绕心头的一缕青色怅惘

渐渐被风吹散

荣获《关雎爱情诗刊》2014 年夏季"白蛇杯"争霸

赛铜奖

后记

　　已经出版过多部个人文集，也有获奖的，按理，编选一部诗集应该轻车熟路，况且有发表的数量垫底。但当我着手筛选诗作的时候，竟然感到难度较大，许多发表的诗歌，甚至在省级刊物发表的作品，当我重新审读的时候，居然发现有太多不足之处，即使比较满意的，也有个别诗句、字词需要修改。懊恼之际又欣然：能够否定以前的作品，说明自己在进步，对诗艺的审美水平又跃上一个新高度，因此才能看出旧作瑕疵以及今后需要努力的方向。

　　由此我领悟到，要写出一首好诗不容易，要持之以恒地保持旺盛的创作激情不容易，能在日常生活的牵绊中坚持下来更不容易。而对于写作，除了死心塌地，除了痴心不改，我又能做什么呢？以前陷入人生低谷的时候，我能够锲而不舍，现在，从山脚攀到山腰一处台地，景随步移，清风拂面，花香扑鼻，我更要加倍努力，不为名利，也与仕途无关，唯愿通过一步一个脚印地追求，将用心血喂养了二十多年的梦想延续，让自己活得充实一点，自在一点，有价值一点，胸怀开阔一点，不会为蝇头小利而患得患失，不会因虚度年华、碌碌无为而后悔叹息。

这是一个物质生活越来越充裕的时代，也是一个人们因为容易满足、容易被影视娱乐和各种诱惑摇荡心旌而非常浮躁平庸的时代。写作，就是为了时刻让心灵保持清醒，守住一块灵性绿地，让缀满纯净露水的独立而高贵的思想不要向庸常的泥潭妥协和深陷，以文字建造一座巍峨大堤，遏制人生随时间向那可怕的泥潭、自然法则早已掘好的深渊逐渐下滑的速度。

长期以来关注、关心我的朋友们，我还在路上，在向艺术峰顶攀登的过程中，我走路的姿势不那么优雅，踏出的脚印歪歪斜斜，但我不会止步，始终会让你们看到一个坚定而顽强的背影。

诚恳期待方家和读者对我的拙作批评指正。

作者

2017年1月31日